KB074328

유지화 시인의 감성 클릭

그대, 꽃으로 피고 싶은가

유지화 시인의 감성 클릭

그대, 꽃으로 피고 싶은가

1판 1쇄 인쇄 | 2015년 08월 20일
1판 1쇄 발행 | 2015년 09월 25일
지 은 이 | 유지화
펴 낸 이 | 이영희
펴 낸 곳 | 이미지북
출판등록 | 제2-2795호(1999. 4. 10)
주　　소 | 서울 강남구 논현로113길 13(논현동) 우창빌딩 202호
대표전화 | 02-483-7025, 팩시밀리 : 02-483-3213
e-mail | ibook99@naver.com

ISBN 978-89-89224-32-7 03810

이 도서의 국립중앙도서관 출판예정도서목록(CIP)은 서지정보유통지원시스템 홈페이지(http://seoji.nl.go.kr)와 국가자료공동목록시스템(http://www.nl.go.kr/kolisnet)에서 이용하실 수 있습니다.
(CIP제어번호 : CIP2015025819)

유지화 시인의 감성 클릭

그대, 꽃으로 피고 싶은가

유 지 화

창세기처럼 열리는 하루, 하루.
날마다 아침산에 오르는 일이 일상이 되었다.
산책길에서 맞이하는 계절의 섭리.
철마다 자기다운 모습으로 정직하게 살다 가는 작은 생명들의 숨결.
존재의 의미를 되새기게 한다.
사람도 어찌 보면 피었다 지는 한 철 꽃이다.
나는 어떤 꽃일까.

최근 삼 년간 컨셉노트를 정리해 보았다.
숨가쁘게 사는 나날,
고단함을 잊게 하는 아름다운 인연 인연들…….
이런 귀중한 만남 속에서
오늘의 내가 있음을 확인하게 된다.

언제 어디서나 누구에게나
따뜻한 가슴을 나누며 사는 일,
그보다 좋은 삶을 나는 아직 알지 못한다.

문학의 길에서, 학문의 길에서, 삶의 길에서 나를 이끌어주신 분들,
시천柴川 스승님, 다형茶兄 교수님,
서한샘 박사님, 청초青艸 원장님,
이 분들을 비롯한 많은 분들의 따뜻한 격려와 한결같은 사랑은
포기할 수 없는 힘과 용기가 되었다.

유난히 무더웠던 여름,
좋은 책을 내기 위해 마음 쓰신 이미지북 오종문 대표님,
멋진 사진 작품으로 글의 생명력을 더해주신 임연웅 건축사님,
아름다운 제호를 써주신 윤기혜 선생께도 고마움을 전한다.
그리고 이 책이 나오기까지 관심과 애정을 주신 모든 분들께 감사드린다.

초록의 무성함을 건너 만 리 가득 가을이 오고 있다.
개어오는 서쪽 하늘, 맑고 깊어라 * * *

2015년 입추절에

유 지 화

1.

사랑

고이고이 젖어드는 거

눈 감고 산다지만 섭리보다 간절하랴.
이런 날 창 너머엔 화두로 걸려오는
사랑은 한지에 먹이 배듯 절로 스며드는 거

차이를 인정하는 것을 사랑이라 부르자.
다름을 존중하는 것 또한 사랑이라 해두자.
바다를 하늘이라 해도 그래그래 웃어주는 거.

이런 날의 기원—
바닷가에 앉아
종일 물결만 바라보기.

일생에
단 한 번
단 한 사람과
진실 게임 해보기.

사랑을 생각한다.

김사인 시인처럼

스산한 어스름으로 밤나무 밑에 숨어 기다리는 것이 사랑일까.

한용운 시인처럼

봄물보다 깊고 갈산보다 높은 것이 사랑일까.

류시화 시인처럼

그대가 곁에 있어도 그대가 그리운 것이 사랑일까.

백석을 향한 자야의 마음처럼

밤마다 마주해도 그립고

날마다 속삭여도 재미로운 것이

사랑일까?

소중한 것은
모두 기다림의 시간이 있었다.

꿈도
사랑도
우정도
어느 하루 뚝딱 얻어지는 게 아니다.

시간과 공간을
신뢰와 존중과 감동으로 채울 수 있어야 한다.

사탕은 씹어서 삼키는 게 아니라
녹여서 느끼는 거니까.

보고 싶다는 말
참 좋다

보
·
고
·
싶
·
다.

아들아, 딸아!

따뜻한 지혜,
푸른 지성의 예지를 함양하라.

다정한 감성,
겸손한 배려를 통해 끝없이 온유하거라.

그렇게 사랑받고 사랑하거라.

어둠이 내린 고요한 산길.

숲이 매섭던 수능 한파를 가라앉혔다.

별조차 겸손하다.

얼핏 한두 개 쯤의 별만 보이더니

가만히 보면

하나,

둘,

셋,

넷,

빛나는 별빛.

흡사 지고지순한 사랑의 은유 같다.

가을산에 올랐다.

정상 벤치에 누워 하늘을 본다.
나뭇잎 사이 쏟아지는 볕뉘,
구름 한 점 없는 하늘.

눈 감아 그렸다우 눈 감아 바랐다우

말 없이 말했다우 말 없이 불렀다우

내 사랑,

밀물로 오기까지

꽃답게 되기까지…

서산엔 저녁 해. 유정란 노른자같이 떠 있다.
조은의 「지금은 비가」 시편이 떠오르는 저녁.

"벼랑에서 만나자.
부디 그곳에서 웃어주고 악수도 벼랑에서 목숨처럼 해다오.
그러면 나는 노루피를 짜서 네 입에 부어줄까 한다.
아, 기적같이
부르고 다니는 발길 속으로
지금은 비가…."

그렇게 절실하게 만나자는 애절함.
그렇게 절실하게 살아보자는 호소.
손을 놓을 수 없는 절박함.
그 벼랑에서 악수도 목숨처럼 하자는 거다.
생사를 기약할 수 없는
그 위태한 지경에 노루피를 짜서 입에 넣어주겠다는 거다.

사루비아 꽃밭
자꾸
햇발만 고입니다

미루나무 사잇길
누가 오고 있네요

하늘이
확
올라갑니다
가만,
바람이어요

생선을 담던 종이 생선내 비릿하고
꽃다발 담고 있던 종이엔 향기 가득
아아아 무엇을 담느냐 내 마음 속 하얀 종이엔

종이란 본디 하얗고 깨끗한 것
가시 돋친 날카로운 맘 보듬어줄 새하얀 종이
어디에 숨어 계시나 종이처럼 맑고 하얀 이

향기 나는 사람 되어 그에게 다가가자
한 송이 백합처럼 향기 나는 인연이 되자
언젠가 오실 그를 위해 내 마음에 꽃을 품네

하늘 맑은 교대 운동장 국어교육과 시조 백일장.
유보라 학생의「종이꽃」가을밤에 음미하기 좋은 사랑시,
장원작답게 의미가 있고 여운이 있고, 진실과 아름다움이 있다.

"어찌나 삶이 즐거운지.
전 매일 밤 내일이 빨리 오길 바라면서
이불을 턱밑까지 끌어올리곤 합니다.
인생사 별 걱정이 없고, 놀거리는 늘 넘쳐흐르니
늘어나는 것은 과도한 긍정 뿐.

자신이 다소 속이 없다는 점은 스스로 자각하고 있습니다.
그래도 좋은걸요.
교수님과 친구들이 함께 할 시조교육론 수업을 기대하면서
매주 수요일 밤마다 이불 속에서 키득이고파요.
잘 배우겠습니다!
즐겁게 배우겠습니다."

김그리 학생의 글이다.
이런 긍정의 감성과 만나는 시간.
어찌 풍요로운 날이 아니겠는가!

행복은 사람과 사람끼리의 관계 속에서
싹 트고
꽃 피는 것이다.

느낌과
떨림과
아픔을 소중히 나누는 만남.

삶의 온도를 높이고,
의미가 되는 만남.

어떤 빛깔로 주변에 스밀 것인가.
어떤 향기로 주변을 적실 것인가.

진정
어떤 사람으로 주변에 기억될 것인가.

아들아
네가 처음 기도를 가르쳤다

아는 이, 모르는 이
사랑하게 하소서!

오늘도 그리고 내일도
진실이게 하소서!

사랑둥이
아가 있어 하늘을 공부해요

하늘은
가진 것 다 주어도 생색내지 않아요

이마가
속절없이 하애져도
강물 같은
시를 써요

2.

인연

두고두고 소중한 거

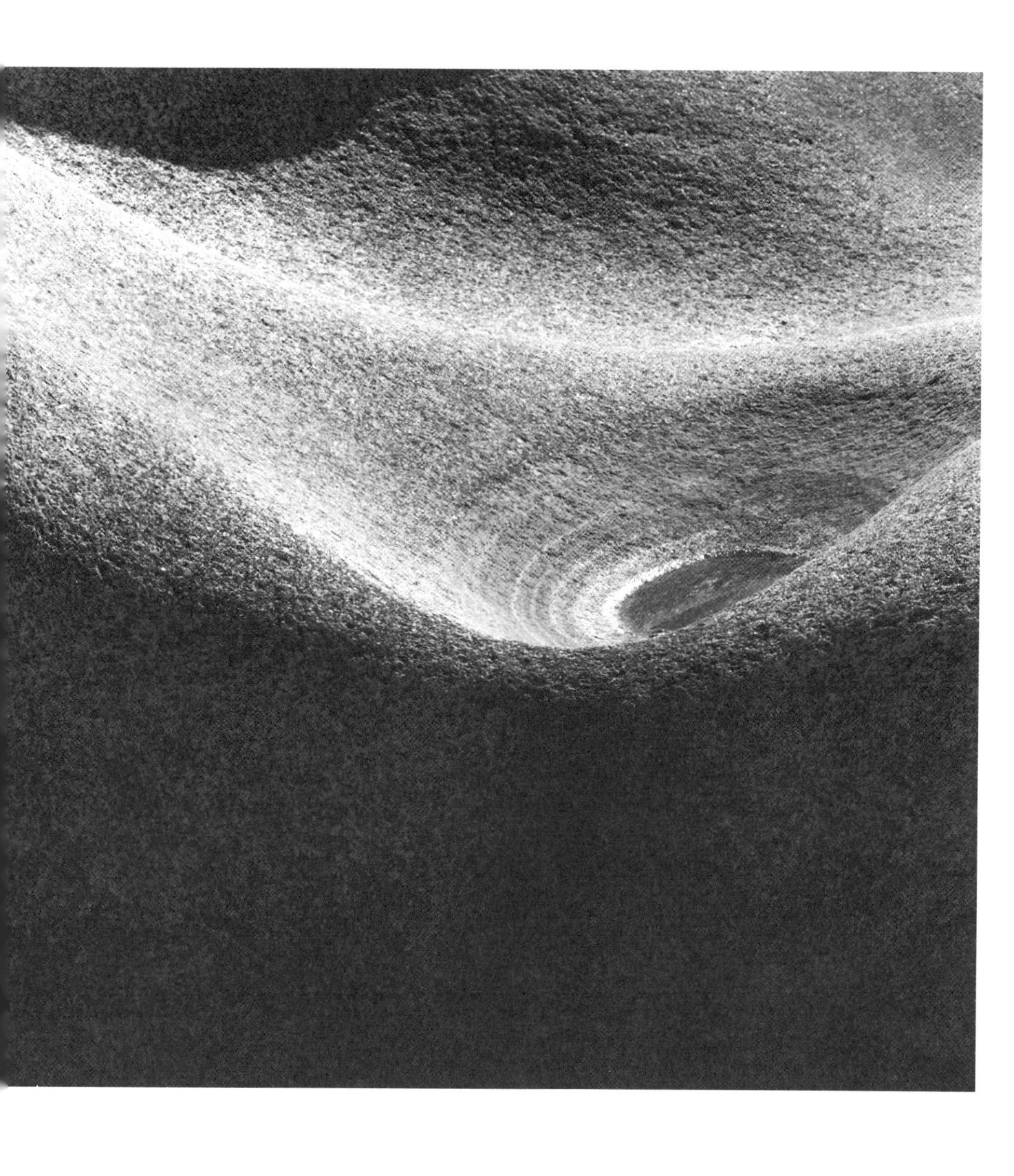

할머니 할아버지!

아버지 어머니!

고모 삼촌!

아들과 딸!

얼마나 어울리는 화음인지요.

얼마나 향기로운 화음인가요.

이 광대한 우주 공간에

우리는

아름다운 인연의 꽃입니다.

그 중에 가족은 꽃 중의 꽃입니다.

떨리고 벅찬 생명의 꽃입니다.

가족으로 산다는 건

기적입니다.

아름다운 축복입니다.

며칠 전 뵈었을 때,
자꾸만 숨 차 하시던 어머님!

어머님 좋아하시는 물 좋은 임연수어,
생굴 한 상자 사 들고
남양주로 향한다.

수척해지신 어머니.
여전히 숨 차 하시는 어머니.

입원하시자 했더니
"아니다, 아니다…" 하시는 어머님.

주무시는 어머님 손 위에 내 손 가만 포개본다.
내가 온 줄 모르신 채 잠 드신 어머님.

잠꼬대 같은 어머님의 신음 소리.
아아, 잠꼬대는 어머님의 흔적이었다.
힘겹게 살아오신 어머님의 세월이었다.

잠 드신 어머니
가만 손을 대 보네

저승 같은 신음소리
차마 듣기 죄스러워

몰랐네
삶을 쟁였다 푸는
그거이, 잠꼬대였어

오래된 간이역 같은 당신의 수첩에다

아껴 둔 봄의 왈츠 주문 외듯 올리네요

빼꾹채

꽃말 같은 음표

콩 콩 찍어 놓네요

나 어디 가도
그대 거기에 서 계시네

눈 오면 눈이 되어 비 내리면 비가 되어

아마는
어느 전생에 나,
그대 그림자였으리

나 어디 가도
그대 그 길로 오신다네

산에 가면 산이 되어 강에 가면 강이 되어

아마는
어느 전생에 나,
그대 눈물이었으리

서해 저 편 북한군은 어떤 밤을 지샜을까

쓰러진 아군 용사 유언 같은 편지 한 장

진혼곡 물 속을 떠도나니 달빛 출렁이나니

병사의 사연들로 잠 못 드는 해당화

언 땅을 풀어내며 물총새 돌아올까

유채꽃 저 백화나무 한 폭에 그려질까

이게 다 꿈이었으면 좋겠어
생때같은 청춘이 물살 아래 가뭇없다.

그림 같던 부부가
남해 깊이 고요하다.

제자 바보, 참스승이
파고 아래 잠잠하다.

결혼을 앞둔 선상 연인이 주검으로 시리다.

무엇을 해도 죄스러운 요즈음,
거짓말 같은
세상,
이게 모두 꿈이었으면 좋겠다.

신기해
그 이름 자字
'영애'라는 두 글자

보이니
네 안의
벽오동 빛나는 결

햇물 든
은사시나무
푸른 잎새 같은 너

강물이 풀렸다.

월곡산 얼음도 풀렸다.

산길을 돌며 다시 돌며 '갑' '을' 관계에 대하여 생각해 보았다.

추위가 풀리듯

갑의 횡포에 상처받은 사람, 갑의 눈치를 보며 사는 사람.

수많은 '을'을 위한
기쁜 소식 하나쯤 있었으면 좋겠다.

사람은 누구나 신이 주신 최고의 선물이기에….

집안 시동생이 세상을 떠났다.

시집詩集 출간 때, 산세 수려한 계곡에서 화려한 잔치를 벌여준 도련님.

커피를 즐기는 나를 위해

좋은 커피 눈에 띄면 지체 없이 선물했던 도련님.

새차를 뽑았을 때

비닐도 뜯지 않고 우리 부부에게 첫 시승을 시켜준 도련님.

내가 기쁜 일이 있을 때마다 마음을 다 해 축하해준 도련님.

아낌없이 마음을 다 한 도련님.

기쁜 일, 궂은 일 온전히 함께 했던 도련님,

이런 도련님이

긴 투병생활 끝에 젊은 나이에 하늘로 갔다.

나는 그에게 무엇을 해 주었나.

그가 간 하늘 길 너무 멀고 멀다.

카톡이 울린다.
친구의 이름자, 언제나 반갑다.

그 친구 곁에 있다는 것만으로도 행복하다.
햇살이 하두 좋아 무작정 사무실을 나왔다는 친구.
세상의 귀한 것은 아낌없이 나누고 싶어 하는 친구.

큰애가 회사에 입사했을 때 양복 한 벌 값을 보내준 친구,
싱싱한 문어며, 장어며 귀하다 싶은 건 다 보내온 친구,
봄이면 손수 뜯은 쑥으로 인절미 쑥떡을 만들어 보내준 친구,
아들 딸 교육까지 믿고 맡겼던 친구,
내 삶에 윤기와 향기를 더해준 친구,
친구의 과분한 우정
갚을 길 없네.

친구는 나와 비슷해서 좋고,
다르면 또 달라서 좋다.

세련되고 열린 사고를 가진 친구,
알파레이디 같은 윤선 친구를 만났다.

전시회에서 샀다며 파격적인 스타일의 반지를 끼워주고
평창동 추어탕이 맛있다며 별식을 사 주고
영어에 능통하고 골프는 수준급.

적당히 유머도 있어 만나면 즐거운 친구,
화려한 갤러리의 관장인 친구.

후조처럼
이 학교, 저 학교를 전전하는
고달픈 나의 생활을 돌아보게 되는 시간,
실존적인 현실 속에서 부의 의미를 생각해 본다.

오늘,

힐튼호텔에서 성훈이 결혼식.

선남선녀 두 마음이 하나가 되는 날.

동화로 들려주는 재미있는 주례사.

백년가약 약속하는 소중한 의식.

아름답고 그윽한 축가의 선율.

하객 한 명, 한 명에게 안겨주는 정성의 꽃다발. 안개, 안개꽃.

결혼의 충분조건은

애정과 축복,

기쁨과 행복이리.

사랑은 천 리도 밝히나니.

베란다 화분에 물을 준다.
어젯밤 보았던 월곡산 손톱달의 이미지가 예까지 따라와서
화분마다 자분자분 이야기를 들려준다.

전시회 기념이라며 내 손에 들려주던 '연희표, 동양란'
새봄이 오는 날,
꽃집에 들러 안산에서부터 들고 온 '유지화표, 천리향'
분갈이가 잘 됐다며 가져 가라시던 '숙부님표, 군자란'
서울교대 경비 아저씨께서 심어준 '교대표, 행운목'

화분끼리 모여 베란다 가족이 되었다.
도란도란 고향을 그리며 그들의 색깔로 빛나고 있다.

아름다운 분이 돌아가셨다.

모교의 정연국 교장 선생님.

만물을 소생케 하는 흙과 같으셨던 분.

학생 한 명 한 명에게 희망의 물기를 주셨던 분.

비 오거나 눈 오거나,

교문 앞에 나오셔서

등굣길 학생들을 일일이 악수로 격려해 주셨던 분.

공부도 체력이라며,

만학도인 내게 여러 가지 도움으로 격려와 용기를 주신 분.

모교에 가면 언제든 뵈올 수 있었던 분,

감사의 말씀 드리고 싶었는데 갑자기 멀리 가신 분.

어쩔거나.

이별 앞에서도

초승달은 뜨고, 하늘은 푸르나니.

음식 좋고, 사람 좋은 제주.

명경지수의 제주.

천지연폭포, 내리꽂히는 물줄기.

나이가 시리거든 천지연 폭포에 가라

곤두박질 친다한들 마음 따라 그 길을 가라

절벽 끝 반전의 물줄기 여의주를 건져오라

시야가 흐려오면 천지연 폭포에 가라

찬란한 폭포수 두어 걸음 멀리하여

칠월 숲 참두릅나무 그 음이온에 취해 보라

2015년 2월 25일 5시 55분,
카톡이 울린다.

첫애 출산 직후, 큰 며늘아기가 보낸 문자,
갓 태어난 아기 사진이 함께 들어 있다.

눈물이 난다. 자꾸 눈물이 난다.
기쁨의 눈물, 감격의 눈물. 감사의 눈물.

"어머니, 우리 '축복'이에요.
승수 씨 낳아주시고, 멋지게 키워주신 은혜 감사합니다."

극심한 출산의 고통,
그 상황에서 감사의 문자를 보낸 며늘아기.
사려깊은 아이.

문자를 통해 전해지는 형용할 수 없는 가족의 정이라니.

할머니가 되었다.

벅차오르는 감동의 물결.

세상에서 가장 위대한 이름,

'어 머 니'

세상사 가장 곡진하고 넉넉한 이름,

'할 머 니'

윤기혜 선생께서 수소수水素水 한 박스를 소포로 보내왔다.
미술시간, 학생들과 만드셨다는 오색 팔찌,
손수 요리한 멸치 강정까지 함께 보내왔다.

엊그제 노란 생강나무 아래 만났을 때,
피부가 몰라보게 좋아졌다는
나의 덕담에 수소수 덕분인 것 같다며 곱게 웃으시더니
단박에 보내왔다.

당장 한 컵 따라 단숨에 마셔본다.

아, 부드럽고 깨끗한 물맛!
아름다운 인정의 꽃밭에 이는 사랑의 물맛이여!

'사랑하는 유 박사!
걸음걸음 아로새긴 빛나는 세월
마침내 이루셨네
학문의 길, 시인의 길
축하하고 축하하네
남은 여생 가시는 길
아름다운 꽃길 되어
길이길이 누리소서!'

감동이 밀물처럼 가슴을 적시는 저녁
선배님이 주신 편지를 읽는다.

문단 선후배로 만나 삼십 년, 오랜 세월
고락苦樂을 함께 하신 분.
고비고비 사랑으로 이끌어주신 분,
백임현 작가님.

산책길.

어제는 구름 사이 초승달이 무수한 생각을 불러일으키더니

오늘은 은화 같은 메밀꽃이 어스름 가운데 빛나고 있다.

무성한 숲에 서니 생각나는 유달영 선생님.

누구보다 나라를 걱정하신 분,

울창한 산림은 나라의 보배라며 나무 심기를 장려하셨던 선생님.

이웃과 사회를 위해 보탬이 되고자 그 일념으로 사셨던 분.

육체는 관리를 소홀히 하면 고장이 난다시며

건강관리에도 철저하셨던 분, 유달영 선생님.

맞다.

우거진 숲은 국력이다.

종현이는 외롭다.

오십이 넘도록 혼자 살고 있다.
그는 어린 시절부터 건강이 좋지 않았다.
소아마비, 결핵은 물론 잔병치레가 끊이지 않았다.

이번에는 쓸개에 염증이 생겨 잘라내는 수술을 할 수밖에 없었다.
의리 있고 성실하지만 허약하고 궁핍한 종현이.
작고 왜소한 종현이. 학벌도 없는 종현이.
병원 침대에 누워 눈물을 글썽이던 종현이.

항상 바르고 정직하게 사는 착한 종현이.
인정 많은 종현이. 그래서 사랑할 수밖에 없는 종현이.
바람 부는 언덕에서, 외롭고 고달픈 길 위에 서서,
대책없이 착하기만 한 종현이.
그를 보면 늘 안쓰럽고 가슴이 아프다.

처음과 끝이 한결같은 사람은 아름답다.

시작한 일은 끝까지 책임을 다하는 사람,

만남에서 한결같이 신뢰가 가는 사람,

건강한 꿈을 꾸고 도중에 포기하지 않는 사람,

그런 사람.

곁에 있기를 바란다면
내가 그런 사람이 되자.

작은 며늘아기가 임신 8주라고 한다.

표현할 수 없는 기쁨,
무엇으로 이 감격을 설명할 수 있을까.

안정이 필요한 시기,
주말 가족 행사에 나오지 말고 쉬라 했더니

며늘아기의 천사 같은 음성,
"로켓도 타고 갈 수 있어요, 어머니! 아무 걱정 마세요."

만남의 황금률은 무엇일까!

하늘 우러러

땅 굽어

언제 어디서나 누구에게나

헤아려주기.

배려해주기.

꿈과 희망을 주는 모임,

성북구 경력 단절 여성들을 위해

여성의 행복한 내일을

연구, 지원하는 단체 성북여성 꿈의 공동체.

우이동 계곡에서 워크숍.

라이브 무대,

모닥불,

환경 친화적인 조형물이며

야생화,

군고구마,

더할나위없이 고즈넉한

한여름 밤의 꿈.

경북 청도.

이호우, 이영도 시인의 숨결이 곳곳에 깃든 곳.

힘껏 물구나무서기로 젖은 눈 감아 봐도
그래도 슬퍼지면 청도로 떠나시게
산에 산 강강수월래
따라 도는 양떼구름

두 팔 휘저으며 새벽산에 올라봐도
그리움 더해지면 청도에 가보시게
솔향은 연지蓮池를 돌아
홍시밭에 머무나니

바닥에 더럭 누워 하늘을 우러러도
바램이 남았거든 청도를 찾으시게
고려적 손 큰 종지기 같은
향교 길 느티나무

자식 자랑은 팔불출이라던가.

오늘,

딱! 한 번, 소리 내어 말하고 싶다.

싫은 내색, 불편한 기색 한 번 없는 한결같이 온유한 아들 큰애야!

따뜻한 감성, 세심한 배려, 다정한 아들 둘째야!

형제지간 큰소리라곤 내본 적 없는 의좋은 형제야!

사회생활 즐겁게 성실하게 하는 너희들

고맙고 감사하다.

착하고 사려 깊은

아내를 맞이한 것 또한 기쁘고 뿌듯하다.

여름 숲이

초록물을 마신 듯 온통 싱그러움 가득!

뙤약볕 끝

단비처럼 종요롭다.

미루나무 길,

천 천 히 걷 고 싶 다 .

어디선가 들려올 휘파람 소리,

나무마다 잎새마다 더욱 반짝일 게야.

높은 하늘 먼 하늘,
구름을 만들지 않네

깊은 강물 맑은 물,
수심이 흔들리지 않네

달개비
꽃술 같은 내 어깨
만 갈래로 오시는 그대

3.

파릇파릇 태어나는 거

인사동 나들이.

쌀쌀한 날씨쯤 상관없다는 듯

눈밭 속 네잎클로버같이 맑은 행인들의 표정.

새해 새 기분으로,

비단 필통 하나 사 든다.

새해 새아침 눌러 쓴 구절 하나,

봉황은

죽을지언정

죽실竹實만을 찾는다.

날마다 살벌한 뉴스,

백석의 시집을 꺼내 든다.

일제 탄압의 시대에도

백석, 그는 아름다운 우리말을 구슬같이 꿴 시인이었다.

"가난한 내가 아름다운 나타샤를 사랑해서

오늘밤은 푹푹 눈이 나린다

눈은 푹푹 나리고

아름다운 나타샤는 나를 사랑하고

어데서 흰 당나귀도 오늘밤이 좋아서

응앙응앙 울을 것이다."

이렇듯 아름다운 시를 쓴 백석.

그 백석을 사랑한 김영한, 자야.

자야를 만나기 위해 길을 나섰다. 길상사까지 걷기로 했다.

김영한의 체취를 느끼고 싶어서다.

그의 풍부한 시심과 마주하고 싶어서다.

〈우아한 거짓말〉을 보았다.

봄비 같은 소녀 '천희'를 중심으로
청소년 왕따 문제를 다룬 영화.

자매 간의 의리,
부정과 모정,
사람과 사람끼리의 관계에 대해서도
다시 생각하게 하는,
질문을 던지는
슬퍼서 아름다운(?) 영화였다.

귀갓길
봄비가 내리고 있다.

메일함을 열었다.
친구가 보내온 바이올린 연주곡.

오늘같이 추운 날,
낮보다 밤이 긴 이런 겨울밤엔

조셉 시게티의
바이올린 연주곡을 듣는단다

헨델의 바이올린 소나타.

아름다운 선율.
숱한 생각을 불러일으키는
감미로운 밤이다.

두피모발협회 교육장에서 리더십 강의,

새로운 공간에서 새로운 분야의 강의,

뷰티와 관련하여, 현장에서 일하는 사람들을 대상으로 한 강의,

그래서 어느 때보다 설렜던 강의,

설렌 만큼 행복했던 강의,

그들의 눈빛에서 표정에서 대화에서 보람 그득했던 강의.

어느 분의 소감 한마디—

"교수님 강의는 한 송이 목화였습니다.

껍질을 깨고 새하얗게 피어나는 목화요."

여인의 미를 창조하는 미용인들,

이들이 있어 아름다워지는 여인들.

달이 떴다.

나뭇잎 사이 그림같이 떠 있는 달,

보길도 윤선도 시인이 바라보았을 달,

어느 겨울 소월이 바라보았을 달.

어데는 달 들어 더욱 적막하고

어데는 달이 비춰 더욱 찬란하고.

겨울다운 날씨.

심오함과 만나고 싶어지는 날.

고미숙의 『운명사용설명서』를 따라가 본다.

"사람들은 이 '소통과 정보의 바다'를 헤엄치느라 기진맥진이다.

소통을 하면 할수록 신체는 한없이 무력해진다.

스마트폰에 일상을 점령당하는 바람에

순환의 동력을 잃어버린 탓이다.

사람들은 자기 몸의 용법을 망각해버렸다.

몸이 생명의 원천이자 우주로 통하는 창이라는 사실은

상상조차 하지 못한다.

그래서 다들 말한다.

외롭다고. 외로워서 미치겠다고.

'소통 과잉' 시대에 겪는 '소통 부재'의 그림자."

오해가 있거든 침묵하기.

그래도 오해가 있거든 더 침묵하기.

사랑은 온유하고,

사랑은 오래 참고,

사랑은 성 내지 않는 거니까.

누구와도 불화하지 않기.

안하무인 만나거든 그저 웃어나 주기.

겨우내 방치(?)해 둔 군자란.

봄이 되니

군자란이 꽃봉오리를 내밀었다.

작은 사랑초도 함께 피었다.

화분마다 잎잎이 피어난 사랑초.

생명이란 위대한 거

생명력이란 경이로운 거

그 작은 꽃들이

군자란과 어울려

서로의 배경이 되고 있다.

비로소 봄이다.

나에게 봄은 어떤 날이었을까.

새로운 나의 봄날을 위해
어떤 준비를 해야 할까.

기도하는 봄.

그 기도를 실천하는 봄.

책상 앞에 앉는다.
말러의 교향곡을 들으며 책장을 넘긴다.

행복하다.
최인호 작가의 『어머니는 죽지 않는다』에 밑줄을 긋는다.

"나는 어머니를 있는 그대로의 어머니로 보지도 못하였고,
어머니의 고통과 비명소리를 듣지 못하였던 비정한 자식이었다.
어머니는 쓰레기처럼 내 마음 속의 하치장에 함부로 버려졌었다."

때로 나를 두고 한 말 같다.
자식을 사랑하듯 어머니를 사랑했다면 무슨 후회가 있으랴만.

아침산.

남보랏빛 들꽃이 피었다.

눈물겹도록 선연하다.

오래오래 그대로 서 있었다.

일생을 두고

한결같이 나를 설레게 한 나의 꽃은 무엇이었을까.

'문학'이었다.

그렇다면 나의 대표작은?

시간 속에서 살아남는 찬연한 시 한 수 쓰고 싶다.

남해, 소매물도,

머무르고싶은 섬.

만신창이 그 사내
출항하여 쉬고 싶은

은유의 한 시인
절필하듯 쓰고 싶은

다져온
지존의 빈자리
북방처녀 눈빛이다

일주일에

한 번쯤 여유를 즐기고 싶다.

천천히 아침산에 다녀오고

천천히 커피 마시고

학생들 리포트 천천히 음미하면서

산에서 주워온 단풍잎 한 장

책갈피에 넣어도 보며

그지없는

시간을 즐기고 싶다.

한층 깊어진 가을산.

자기 몸을 물들이며 섭리에 순응하는 가을산
그 위에 낮달 하나 걸려 있다.
하야니 겸손하게 떠서
가을산의 배경이 되고 있다.

잘난 체하지 않기.
아는 체하지 않기.
한결같이 소박하기.

시간마다 공간마다 눈길마다
'긍정'이란 말.
향기롭게 새기기.

시화호 나들이.

시화호 들녘 가득 쏟아지는 햇살.

사강리 들녘으로
가을은 나립니다

바람은 북해를 지나
조지아 해안을 돌아

시화호 전령사 되사
비밀의 땅 공개합니다

추위를 이기는 방법 하나.

매일매일
일정한 시간을 투자해

계획적이고 체계적인 학습하기.
시대의 변화에도 발맞추기.

오늘이
이 세상 마지막 날인 것처럼 살고,
영원히 살 것처럼 꿈꾸기.

기말고사 강의실.
무심코 고개를 들었는데

아…, 아…!

창 밖… 꿈처럼 내리는 함박눈.

반가움에 창문마다 블라인드 커튼을 높이 올렸다.

"여러분! 시험도 중요하지만 창밖을 좀 볼까요!"

바람을 이겨낸 나무의 뿌리는

튼실하다.

기다림을 배운 사랑은

견고하다.

기다림 끝에 얻은 열매는

풍성하다.

지름길은 쳐다보지도 말자.

꿈을 아프게 하지 말자.

꿈이 원하는 오늘을 살자.

모자람이 없도록,

부족함이 없도록 순간마다 정성을 다하자.

잠자리에 들 때

얼굴 가득 미소 지을 수 있도록.

제비꽃을

제비꽃답게 보고 싶다.

제비꽃을

제비꽃답게 보는 이와 마주하고 싶다.

정갈한 탁자에 앉아 정결한 삶에 대해

정갈한 목소리로 이야기하고 싶다.

추위에도 향기를 잃지 않는 매화,

천 년이 지나도 가락을 잃지 않는 오동,

사시장철 한결같이 푸르른 소나무.

제주 성산포 바다

하늘과 바다, 아스라이 하나 됐네.

고요의 미적분을
수평선이 풀고 있네

하나 됨의 기적을
수평선은 보여주네

산 넘어
다시 산을 올라야
볼 수 있는 수평선

땡볕 아래
숲이
온몸으로 상황을 견디고 있다.

여름나기 -

원칙이 아닌 것,
편법이거나
불법이거나 그 비슷한 일조차 아예 쳐다도 보지 말자.

건강이란
살아있는 지성이며,
살아있는 정직이며
살아있는 '선善'이다.

4.

새록새록 살아보는 거

새로 시작되는 오늘 또 하루.

날마다 창세기처럼 열리는 새날, 새 무대.

설레지 않는가.

하루뿐인 오늘,

어떤 언어, 어떤 몸짓, 어떻게 연출할 것인가.

어쩌면 이렇게 날마다 어둠에서 밝음이 올 수 있을까!

어쩌면 이렇게 사정없이 새로운 시간이 다가올 수 있는 걸까!

새롭게 주어지는 시간이란 선물 보따리.

멋지게 풀어보리라.

신록을 마주하며
기차에 오릅니다

천하가 절경인데
창窓만큼만 보이네요

인생도 저럴까 몰라
구할九割은 허상일까 몰라

작은 창문만큼의 세상에 갇혀 있는 나.

그리고

우리.

나뭇가지 창을 삼아 겨울산에 오릅니다
잎잎이 수액일 땐 아무것도 안 뵈더니
그 잎새 다 지고나니 말간 하늘 보입니다

억새꽃 뒤로 하며 겨울강을 건넙니다
은어떼 눈 맑음이 읽어내는 물소리로
묵언의 천 길 내 사랑 파문 지어 안깁니다

무지의 들녘에서 하늘을 보옵니다
소낙비 뒷걸음질 친 산마루 구름 저 편
눈송이 그대 맘 되어 내 안 깊이 내립니다

나를 점검해보는 이 시간.

떠오르는 칼릴 지브란의 시.

"함께 있되 거리를 두라
그래서 하늘 바람이 너희 사이에서 춤추게 하라
서로 사랑하라. 그러나 사랑으로 구속하지는 마라
그보다
너희 혼과 혼의 두 언덕 사이에 출렁이는 바다를 놓아두라
서로의 잔을 채워주되 한쪽의 잔만을 마시지 마라
서로의 빵을 주되 한쪽의 빵만을 먹지 마라.
함께 노래하고 춤추며 즐거워하되 서로는 혼자 있게 하라
마치 현악기의 줄들이 하나의 음악을 울릴지라도
줄은 서로 혼자이듯이"

그러하리.

모든 인간은 어느 만큼은 다 주워온 아이.

스스로 삶의 의미를 부여하면서 타인에게 눈 뜨며 다시 태어나는 거.

자유를 위한 서시
—홀로 연주하며 더불어 살기.

인생은 한 편의 노래.

내가 작사하고 내가 작곡하여

나의 절창을 내가 부르는 거다.

천천히 산마루에 올라 나무벤치에 누워본다.

월곡산에 올랐다.

어둠이 드는 숲길은 흑백필름 같은 여운이 있다.

산과 일체가 되는 듯한 느낌.

멀리 내부순환로에 이어지는 차량행렬의 역동적인 불빛.

어둑한 길을 내려오자 저만치 월곡역 부근,

야경이 휘황찬란하다.

우리네 인생도 이와 같으리.

어둠이다가 밝음이다가

밝음이다가 어둠이다가.

K 선생님 상가에 다녀오다.

의자에 앉아 계신 선생님이 영 불편해 보였다.
"앉으세요, 선생님…." 했더니

"내 나이 여든넷이에요, 이 나이쯤 되면 앉기가 힘들어…."
하시며 되뇌듯 덧붙이신다.

"지난 세월 생각하면 참으로 깜깜한 터널이었어…."

「노인이 된다는 것에 대한 고찰」
논문 제목 하나 떠오른다.

최영미 시인의「선운사에서」시편이 겹친다.

"꽃이 피는 건 힘들어도
지는 건 잠깐이더군
골고루 쳐다 볼 틈 없이
님 한번 생각할 틈 없이
아주 잠깐이더군

그대가 처음
내 속에 피어날 때처럼
잊는 것도 또한 그렇게
순간이면 좋겠네"

나의 자화상.

운전도 못하고 자전거도 못 탄다.

제대로 놀지도 못한다.

어디 가서 여담을 즐긴 기억도 없다.

누구랑 술 한 잔 기울인 적도 없다.

노래 한 곡 멋지게 불러 젖힌 적도 없다.

두 팔을 들고 춤이라고 추어본 일도 없다.

이런 내가

이 풍진 세상을 용케 잘도 서 있구나.

우정이든

사랑이든

일이든

어느 하나에만 쏟아붓지는 말자.

서로에게 소홀히 하지 말고 시간을 배려하자.

하나에 목숨 거는 건

너무나 쓸쓸해질 수도

너무나 아파질 수도

너무나 허전해질 수도 있는 일이니까.

편찮으신 형님을 뵙고 오는 길.
자리에 누워 거동도 못하시고
음식도 못 드시고
쭈글쭈글 귤 두어 개 텔레비전 아래 서글프다.

빛 고운 화장품을 놓고 나오며
형님께서 앞으로 화장인들 하실까 싶다.

한 치 앞을 알 수 없는 우리네 인생길
서쪽 하늘, 해가 구름 속으로 들고 있다.

찬란했든
화려했든
저녁이면 어김없이 자취를 감추는 태양.

오늘,

안개꽃의 풍성함이 좋고

안개꽃의 꽃말이 좋고

안개꽃의 여운이 좋다는 요술공주를 만났다.

발자국마다

스며드는 이 따뜻함이라니!!

책갈피 편지처럼

소중히 가슴에 간직하며

하늘 우러르다.

가을은 가을대로
겨울은 겨울대로 아름다운 이 세상.
그 가운데 나를 나답게 보는 이 있다면 축복이다.

시를 읽으면 시가 좋구,
영화를 보면 또 그 영화가 눈물겹고,
오감을 새록새록 풍부히 해주는 이 모든 것들이 살아있음이다.

포근한 이불 속에서 아늑히 단잠 드는 것도 살아있음이요.

새벽 창을 열어 날씨를 확인하고
이메일을 읽는 기쁨도 또 다른 살아있음이다.

오늘.

무엇이 우리에게 살아있음을 확인시켜 줄까.

화분마다 가득히 물을 주었더니
거실 가득 푸른 기운이 돈다.

아는 이, 모르는 이

언제나 어디서나 누구에게나

따뜻한 가슴을 나누며 사는 일.

더불어 따뜻해지는 일.

그보다 좋은 삶을 나는 아직 알지 못한다.

대단히, 대단히, 대단히 소중한 인생길에서.

누구의 유서遺書일까?
버스 종점 구두 한 짝

막막한 외줄 고압선
길 잃은 아기티티새

발산동
주인 없는 맨땅을
싸락눈
밤새 울었다

아직도 세월호 구조 소식은 미미하다.
눈물로 기도하는
가족들의 모습을 차마 볼 수가 없다.

내가 있는 자리에서 땀 흘리자.
옷장부터 시작하여 문갑, 신장, 베란다까지
차례차례
쓸고 닦고 정돈하였다.

화초 분갈이,
나무 전지,
거름 주고,
물도 주었다.

여전히 시리다.
미용실에 가서 머리를 짧게 잘랐다.

황응주 선생님께서 전화를 하셨다.

몇 년 전 시집 출간 때 서평을 써 드린 인연으로 가끔 전화를 주신다.

"유 박사님! 제가 많이 아픕니다.

누구의 부축 없이는 걸음 걷기도 힘이 드네요.

마지막이 될지도 모르는

제 작품을 박사님께 보이고 싶어 전화 드렸습니다…."

천천히 아주 천천히 마디마디 당신의 작품을 불러주신다.

복사꽃 계절이면 희망가 부르더니

난을 치던 손길에 걸어온 옛 시절

황혼이 물드는 날에 돌아갈 나그네

하늘이 밤을 준비하고 있다.

흰 구름 푸른 구름 조금씩 아조 조금씩

고요히 아조 고요히

어둠을 채색하고 있다.

진심이 오해로 온다 해도

땀 흘린 결과 없다 해도

모두 다 자연에 맡기라는 듯

어디부터 언제부터 시작되었는지

어둠이 번지고 있다.

내일이면

어김없이 떠오를 아침 해.

건강하게 살자.

땀 흘린 대가 이외에는 어디에도 어떤 것에도 거들떠보지 말자.

성결대 워크숍.

—섬기는 리더 양성

—자존감 강화

—실무 경쟁력

인문학적 소양을 키워주는 건 필수…

아름다운 삶을 향한 디딤돌의 역할…

혼란과 무질서가

인문학의 부재에서 비롯된 것임은 확실하다.

그런 점에서

인문학을 주제로 한 오늘의 워크숍은 중요한 의미가 있었다.

금불꽃이 피었다.
칠월 땡볕 아래 화려하게 품격 있게 피었다.
하얀 목화가 고전적인 여인상이라면
노란 금불꽃은 현대 여성의 이미지일 것 같다.
금불꽃 앞에서 하염없이 친정 어머니를 생각한다.

어려운 일도 척척 해결하시고 매사에 적극적인 어머니.
구순을 바라보는 연세에도 사위 좋아하는 음식 골고루 장만,
지하철 타고 버스 타고 씩씩하게 걸어오시는 어머니.
고추장, 된장 정성으로 담가 주시는 어머니.
젊은 딸, 맨손으로 걷게 하고
무거운 보따리, 당신께서 들고 가시는 어머니.

난 괜찮다고 내가 교장 선생님 어머니 아니냐 하시며
아드님 교장인 것을 무엇보다 자랑스레 여기시는 어머니.
전형적인 A형의 나와는 매우 다르신 천하무적 나의 어머니.

5.

높이높이 자기 찾는 거

도전하라.

도전은 젊음의 특권이다.

자신 속에
어떤 모습이 잠들어 있는지 아무도 모른다.

더 풍요롭고
더 충실하고
훨씬 더 변화무쌍했을 인생.
슬프고 처량하게 마감하지 말자.

동물로 태어났지만 인간으로 죽으라 한다.

요즘 들어 마음 가는 구절— 내 인생의 스프링캠프.
스치는 장면 하나—

'잇몸 뼈가 녹았습니다.'

나라는 사람,
무엇을 위해 잇몸 뼈가 녹도록 그리 전념했을까.

다시 하고 싶은 일에 몰두하자.

지팡이 끝에서 폭발이 일어나듯
잠재된 능력을 눈부시게 폭발하고 싶다.

비바람 몰아치는 날, 개미집 앞에 섰다.

끊어질 듯 야윈 허리 까맣게 타들어도

흩어지지 않았다
다투지도 않았다

웬일로 느닷없는 소낙비
내 집 한 채 떠나갔다

먹지도 않았다 입지도 않았다

이웃집 호화주택
꿈도 꾸지 않았다

웬일로 만 길 회오리바람
새 집마저 헐렸다

하고 싶은 말 있어도
좋은 말이 아니라면 하지 말라.

그래도 하고 싶다면 차라리 일하라.
그래도 하고 싶다면 더욱 일하라!

말을 안 해서 후회하는 것 보다
말을 해서 후회할 때가 더 많다.

나는 말을 잘 못한다.

말을 않는 후회보다
말을 해서 후회할 때가 더 많다.

젊은이들이여!
인생은 여전히 선물이다.

기적이 모든 곳에서 기다리고 있나니
촛불을 켜고
밖으로 나가시게.

눈부신 청춘들이여!
사랑하되 겸허히 하시게.

풀꽃이 샘 낼까 몰라.
햇살이 샘 부릴까 몰라.
바람 또한 샘 날까 몰라.
그러니
봉숭아 꽃물처럼 아끼며 아끼며….

아름답다는 건,

나이 값을 한다는 것.

나이 값을 한다는 건,

나이답게 산다는 말일 것이다.

스무 살은 스무 살답게,

마흔 살은 마흔 살답게,

청년은 청년답게,

장년은 장년답게

산다는 뜻일 것이다.

그런 것 같다.

한결같이 걸어가자.

건강한 가치관을 가지고 성실하게 선하게 한결같이

걸어가면 되는 것이다.

결과에 연연해하지 말 것,

그날 그날에 최선을 다하며 살아갈 것.

열매를 만드는 것은 신의 영역.

가장 알맞은 때

가장 적절한 선물로 오리라는 것을 나는 안다.

어떠한 상황에서도 필요한 것은 냉철한 지혜다.

객관적이라는 것.

합리적이라는 것.

너와 나,

우리의 입장에서

균형 있게 바라보고

편견 없이 헤아려서

대안을 제시하는 거….

이 시대의 키워드—

감성시대,

개성시대,

표현시대,

오리진의 시대,

감성시대가 이 모두의 교집합이라던

어느 학생의 발표가 인상 깊다.

강한 자보다 적응하는 자가

살아남는다.

산 아래
백일홍, 국화, 과꽃이 선연하다
맞다.

어느 꽃이
꽃잎 질 것이 두려워
향기와 자태를 드러내는데 주저하겠는가.

갈꽃이 몸으로 이르고 있다.
여름을 견디어 낸 가을 저 꽃.
여름내 푸른잎에 살던 가을 저 꽃.

열매를 맺지 못하는 가을꽃의 단명.
소멸을 앞둔 가을꽃의 저 비장미.

첫눈 내린 오늘.

모듬 활동에서 일등을 한 2조 학생들과
학교 정문 앞 생맥주 집을 찾았다.

이런 날,
청춘들의 고민을 들어주는 시간도 의미가 있을 것 같아서다.

캠퍼스의 낭만보다는

장래 직업에 대한 고민과 스트레스에 힘이 드는 청춘.

고뇌와 갈등과 아픔을 통해 성숙되는 젊음.

새 학기. 서울교대 개강일.

매번 새롭게 설레고 새롭게 기쁘다.

학생들의 잠재력을 씨줄이라 한다면

교수의 식견과 경험은 날줄일 것이다.

씨줄과 날줄이

가장 조화롭게 즐거이 엮어지기를 기대한다.

학생들이

자기만의 자기다운 브랜드를 찾아가기를 소망한다.

건강하고 아름다운 가치관을 정립할 수 있도록 도와주리라.

하고 싶은 일 있거든, 소망하는 일 있거든, 쓰러질 각오로 매진하자.

미쳐(狂)야 미친(至)다.

시행착오도 있을 것이요, 이루어지지 않을 수도 있다.

그러나 실망하지 말자.

노력하는 시간

정성을 다하는 시간

그 과정이 우리의 심전에 싹을 틔워 무성한 숲을 이루리니.

그리하여 언젠가는 좋은 기운이 되어 좋은 곳에 닿으리니.

꽃씨를 심듯,

향기로운 마음으로 오늘에 공들이자!

오늘은 오늘뿐이듯 젊음도 한 시절이다.

안동호 잔물결이
꿈보다 눈부셔

종려나무 푸른 가지
달빛에나 물들이며

한 생을
풍경에 살라 합니다
배경에 남으라 합니다

만장萬丈 책장 속에
거울 쯤은 밀어두고

고정시킨 나침반
매운 잠도 접어두고

새파란
불면의 한가운데
깨어 있던 다짐 하나

가을을 재촉하는 비.

빗줄기 속에 인상 깊은 경표 학생의 목소리.

"무슨 횡재인가 싶습니다."

그래, 학생들에게 횡재가 되는 수업을 하리라.
귀하디귀한 학생들에게….

더욱 겸손해지고 싶은 오늘,
어느 새 높아진 하늘,
거역할 수 없는 자연의 이치.

『유능한 교사의 자질』,
『프레이리의 교사론』 구절들을
다시 가슴으로 받는다.

매력 있는 수업을 위해
매일매일 고등사고 전략을 세워야 한다는.

교육이 세상을 바꾼다는
희망은 오래되고도 늘 새로운 것이라는.

성결대 1교시 수업.

봄기운 실은 아침 햇살이 캠퍼스 언덕으로
부챗살처럼 퍼지고 있다.

황홀히 걷고 있는데
"교수님!"
반기는 연극영화과 학생들
마주치는 눈길마다 웃음을 건네는 새 학기다.

내 꿈의 원천, 국민대학교.

내 생애 기뻤던 일 중 하나,

대학에서 첫 강의를 맡았을 때다.

내 삶의 행복한 순간,

카라멜마끼야또 한 잔 들고

오가는 학생들을 성곡동산에 올라 바라보고 있을 때다.

내가 즐겨 찾는 명소. 국민대학교 정문 앞,

솔바람 청정한 소나무 아래다.

휴~

두뇌 영양제라도 섭취해야 할 듯싶다.
살면서 가장 정신을 집중시킬 때는 학생들 시험 평가할 때다.

모두가 열심인 학생들에게 서열을 정한다는 것이
매번 힘들다.

모두가 열심인 우리 학생들
우열이 어디 있겠는가.

한성대에서 한국시조학회 가을 세미나.

김흥규 교수님 말씀이 인상 깊다.

“기를 쓰고 시조의 냄새를 없애려고들 하는데
철저한 자기 성찰의 시간을 가졌으면 좋겠습니다.
그러지 않으면 항상 2류 취급밖에는 못 받습니다.”

시조를 창작하는 입장에서
금과옥조 같은 한마디.

무심코 이메일을 열었다.

낯선 이메일 한 통.

타임주니어 출판사 편집자의 출판 요청 메일.

그렇구나.

보이지 않는 곳에서 나의 글이 읽히고 있었구나.

누군가 나의 글을 읽고

공감해주고 인정해준다는 건 고맙고 반가운 일이다.

공 들여 살아야 하리.

눈물 나게 아름다운 이 세상,

아름답게 살아야 하리.

개강 첫날.

개강일은 늘 새롭게 설렌다.

새 학기. 새롭게 만나게 될 학생들을 향한 기대감.

봄 학기는 봄 학기대로, 가을 학기는 가을 학기대로

파동쳐오는 싱그러움.

아, 아…. 가을이다.

9월 25일까지 완성해야 할 시조 평론이 있다.
중요한 평론이다.
심층적인 고찰과 연구가 필요하다.

이제까지의 이론과 다른 관점에서 주제를 심화시켜야 할 것 같다.
우선 집히는 대로 평론집을 키높이 만큼 꺼내 책상 위에 올려놓았다.
오생근의 『그리움으로 짓는 문학의 집』 비평집부터 다시 읽는다.

문학은 그리움으로 짓는 언어의 집이란다.

문학은
인간적 삶의 의미를 일깨워주고 삶의 진정한 가치를 찾게 해주며
인간의 가능성에 대한 믿음을 보여줄 것이기 때문이다.

고정리 갈대숲이 햇살로 가득했어
햇살 받은 갈대는 어울려 구름이었어
한 번 돌면 양떼구름
다시 돌면 새털구름, 다음은 너와 내가 합친 구름
그 속에서 내가 젖고 있는데 숲은 파도가 되어 출렁거리데
깊은 파도가 되어 일제히 바닷소리를 내고 있어

그 갈대숲에 알이 있었어 화석이 되어버린 알
끝내 깨어나지 못한 공룡의 알
먼 옛날 어디쯤을 살다가 묻혀버린 알
공룡의 알들은 금 간 채 금이 간 채 굳어 있었어
그 곁엔 생명을 품은 때까치 한 마리
떼꾸떼꾸 지저귀며 제멋대로 한가롭데

먼 훗날
나는 네 속에
어떤 흔적으로 남을 거나 남아야 할 거나

성씨 고가에서 가진 한국시조시인협회 세미나.

우포늪. 기대를 넘어선 풍광이었다.

생태 습지. 미루나무길. 호수 수면을 채운 개구리밥.

잔잔한 물결 위에 김후란 시인의 「소망」 한 편 보태 본다.

생애 끝에 오직 한 번

화사하게 꽃이 피는

대나무처럼

꽃이 지면 깨끗이 눈 감는

대나무처럼

텅 빈 가슴에 그토록 멀리

그대 세워 놓고

바람에 부서지는 시간의 모래들

벼랑 끝에서 모두 날려버려도

곧은 길 한 마음

단 한 번 눈부시게 꽃 피는

대나무처럼

6.

시간

여울여울 아롱지는 거

이런 날,

봄빛 따라 길을 나설 테야.

햇살을
바람을
들녘을
강물을
가슴 가득 담아올 테야.

그러면

계절 내내 아무것도 안 해도 배부를 것 같아.

삼월 삼짇날.

삼월 초사흘.

강남 갔던 제비가 돌아오는 날이다.

노랑나비 호랑나비 나타나는 날이다.

진달래꽃으로 화전놀이하는 즐거운 날이다.

좋은 기운이 천지간에 충만, 한량없이 기쁜 날이다.

아, 아!

봄이, 연두빛 봄이 만 리 가득 피어나고 있구나.

산에 산엔 금붓꽃
봄맞이꽃 양지꽃
백 그루 나무들과 창창히 어우러져
'봄이네' 말간 꽃잎을 알알이 터뜨리외다

들에 들엔 씀바귀
소리쟁이 개망초
'눈부셔' 황홀한 맨발로 사람들은 말하외다

온전한 신록을 위해 산이 어찌 외로웠는지
순도의 푸름을 위해 들이 어찌 추웠는지
누구도 관심 없나이다 아무도 모르외다

하늘이 아름다운 건

높은 구름 낮은 구름 어울려

해와 달을 함께 이야기하기 때문이다.

강물이 빛나는 건

큰 물결 작은 물결 어울려

한 방향으로 같이 흐르기 때문이다.

금방이라도 폭우를 몰고 오려는 듯
거센 바람이 가을산을 덮는다.

바람 따라 가지째 휘어지는 아카시아.
가지는 끄덕 않고 잎새만 이리저리 춤추는 상수리나무.
의연히 선 채 하늘 향해 잎새만 산들거리는 소나무.
온몸이 사방으로 휘둘리는 버드나무.

오월 푸른 날에 30번 국도 따라 남도 간다
가만, 저것 좀 봐! 포플라에 참나무, 소나무며, 후박나무
잎새마다 찰랑찰랑 물소리를 내고 있어.
능선마저 출렁이잖나 친구야 넌 알고 있었니
이렇게 알맞게 따순 날에야 나무도 숲도 산도
윤기 자르르 후광을 내며
비로소 한 빛깔로 탄생할 수 있다는 걸….

때때로 강물이 흐른다
산을 끼고 큰 산을 끼고 강물이 흐른다
강 따라 산 따라 얼굴 내민 양지꽃 바이올렛 영산홍 꽃잔디
친구야 너는 알고 있었니 바람 품어 눈 비 다 녹인 후에야
대지는 그제야 하늘에 햇살에 나무에
마냥 어울리는 꽃 한송이 올려놓는다는 걸….

아, 남쪽
이름 없는 마을쯤
정인情人 하나 있음 좋겠어

암 말 없이 기다려야
꽃이,
꽃이 된다네요

남루히 필 바에는
눈빛 되려 숨기라네요

지나는
바람까지 도울 때
그때, 피는 거래요

팔월의 끝자락, 어스름 딛고 하산.

꽃밭 가득 과꽃이 피었구나.

남보랏빛,

진다홍빛,

흰빛…

조촐하여라.

과꽃 앞에 오래도록 붙잡혀 본 사람이라면

그의 정체를 묻지도 따지지도 말 일이다.

그 자리 그윽한 잔영에 함께 할 만하리라.

아침산이 가을에 들고 있었다.
당최 오지 않을 것 같던 그 가을이 오고 있었다.

햇살 받은 남보라빛 달개비.
더위에 지친 고달픈 이들을 위해
시 한 수 올리고 싶다.

꿈 꾸기를 포기해야 달로 뜨는 거다

야위듯 작아져야 보름달 되는 거다

월곡로

단풍 든 홍시 하나

누가 빌던 염원일까

한국의 가을이 청명하다.

맑은 기운. 푸른 기운을 다 불러 모았나보다.

부드러운 곡선의 칠갑산을 들러
초록의 물결 반짝이는 천장 호숫가를 거닐다.
햇살이 바람이 온몸을 정화시켜주고 있구나.

높아진 하늘,

구름이 만개하다.

얇아진 햇살,

가을을 담고 있다.

며칠 무리한 고단함을 풀기 위해 밖으로 행군(?)해야겠다.

칸나 꽃이 피었을 게다.

코스모스도 피기를 서두르고 있을 게다.

어둑해서야 산에 올랐다.

바람이 세차다.
공허한 마음 달래듯, 바람 부는 언덕을 올랐다.
진남빛 밤하늘 우러러 맨손체조를 하는데
잎을 떨궈 허허로운 나뭇가지 사이로
가로등 불빛 환한 싸륵싸륵 나뭇가지 사이로
비 같기도 눈 같기도 한 첫눈이 점점이 흩날리기 시작했다.

우리네 삶도 깜깜한 밤길이다가도,

첫눈이 오시 듯

뜻밖의 귀인도 만나지리라.

밤이 어둠을 채색하고 있다.

진심이 오해로 온다 해도
땀 흘린 결과 없다 해도
모두 다 자연에 맡기라는 듯
어디서부터 언제부터 시작되었는지
어둠이 번지고 있다.

내일이면

어김없이 떠오를 아침 해!

봄 여름 가을 겨울
나무 혼자 서 있어

나무 위해 살던 잎새
단풍으로 지고 있어

얘들아!
나무와 잎새 말야
누가 더 좋아했을까

산책길 곳곳에 운동기구가 설치되어 있다.
선정 상수리나무 아래, 중턱 아카시아나무 아래, 밤나무 아래.

나무마다 가지며 잎새며 격이 다르다는 걸 느낀다.
상수리나무 아래 다시 가서 더럭 누워본다.
서정주 시인의 시구詩句가 나뭇가지에 걸린다.

"기러기같이
서리 묻은 섣달의 기러기같이
하늘의 얼음장 가슴으로 깨치며
내 한평생을 울고 가려했더니
무어라 강물은 다시 풀리어
이 햇빛 이 물결을 내게 주는가"

햇과일, 햇곡식은
햇살 더하기, 바람 더하기 농부의 손길이다.

햇과일에 햇김치
정갈한 소쿠리에, 윤기 나는 항아리에 담아놓자.

창문도 활짝 열어
햇살을 들여 놓고, 갈바람 불러들여
한가위를 준비한다.

한가위만 같게나.

어머님 87회 생신 축하연.

오랜만에 만난 사촌동서 이야기가 끝이 없다.
102세 되신 큰어머님을 모시는 착한 동서.

남 모르는 고충, 얼마나 클까!
쓸쓸하고 서글프다.

무슨 말로 위로하랴.
우리 모두 그렇게 노인이 되는 것을.

착착 썰어 베보자기에 꼬옥 짠 오이지
새로 짠 참기름 듬뿍 넣어 무치기.

포도씨 기름에 고추장, 각종 견과류 섞어
약간의 꿀로 마무리한 멸치볶음.

간장 반, 물 반 자작자작 졸이다
통마늘 조청으로 정리한 한우 장조림.

적당히 절인 배추에
찹쌀죽에 태양초, 새우젓에 매실즙으로 버무린 겉절이.

푹 삶은 팥에 고슬고슬 지은 찰밥.
병원 방문 식단으로 최고!!

아침, 곤히 자고 눈을 떴다.
언제부터 일어나 있었는지 남편이 자리에 앉아 있다.
"당신, 안 자고 있었어요?"
"세상 모르고 자는 당신, 누가 업어 갈까봐 지키고 있었지."

남편과 나는 모든 면에서 대조적이다.
나는 잠이 많고 그이는 잠이 없고
나는 느긋하고 그이는 성급하고
나는 추위를 타고 그이는 더위를 탄다.
나는 매사에 무심한 편인데 그이는 철저하다.
나는 우리 집 공과금을 잘 모르는데 그이는 빈틈이 없다.

그이는 나보다 부지런하고 근면하다.
우리 가정이 잘 운영되고 있는 것은
근면, 성실한 남편의 덕분인 것을 나는 안다.

우리 부부의 다름이 때로 불편하고 힘들기도 하지만
이 다름은 또한 어긋난 톱니바퀴가 맞물려 잘 돌아가듯
나날을 조화롭게 한다.

따뜻하고 평화로운 공간,

달빛도서관을 나섰다.

어스름 속 겨울비가 내리고 있다.

이승에서 다시는 볼 수 없는 사람들.

그 립 다 .

오래 아프고 오래 슬퍼지던 2014년.

한 해가 가고 있다.

7.

열정

고비고비 찬란한 거

6·25 정전 60년

다시 또 유월이 오고 유월이 갑니다
길 없는 길에 길을 낸 사람이 있습니다
먼 길 돌아, 험난한 여정을 사무치게 돌아,
한국의 들녘을 새기며 돌아
손에 손 잡습니다. 손에 손 맞잡습니다

어서 오세요 어서 오십시오
배따라기를 따라 뚫고 오셨나요
철원평야 논두렁에 어무이 누이야 외치던
그 걸음으로 오셨나요
비무장지대 홀로 핀 도라지꽃 꺾어들고 오셨는지요

세월 돌아, 60년 굽이 돌아
님의 모습, 우뚝 빛납니다
님들의 모습, 산처럼 푸르옵니다
바다를 보며 사셨는지요
땀으로 이룩하신 아름다운 산하에서
바다만 보고 사셨는지요

님의 아픔과 땀과 그리운 가슴 있어
우리가 삽니다. 풍요로운 오늘을 삽니다

하늘을 보며 사셨는지요
기백으로 이루신 눈부신 문명 앞에
하늘만 보고 사셨는지요
님의 슬픔과 기백과 기다림의 세월 있어
우리가 숨쉽니다 찬란한 오늘을 삽니다

선물 같은 오늘,
축하합니다 축하합니다
님을 사랑합니다 님을 존경합니다

부디 천수를 누리소서! 만수를 누리소서!
잔이 철철 넘치옵니다

종일 학생들 리포트를 읽었다.
휴식 삼아 저녁산에 올랐다.

숲이 꽃향기로 그윽하다.
온산 가득 아카시아 꽃의 개화.
봄비 내리는 어스름 산이 한결 고즈넉하다.

가뭄 끝에 오시는 단비 누구에겐 눈물보다 서글픈 빗물,
숲이 젖고 하늘이 젖는 날.

우산 없이 마음까지 젖는 날,
월곡산 둘레길을 천천히 걸었다.

카라멜마끼아또 한 잔 들고 성곡동산에 올랐다.
갈빛이 깃든 북악의 능선이 겸허하다.

화려찬란턴 봄의 북악.
기개 넘치던 여름 청산.
공순한 가을산.
그리고 이 모두를 품은 겨울산.

지금,

나는 어디쯤 어떻게 물들어 있는 것일까.

11월 23일, 돌쌓기 극장.

내가 주인공이 되어 처음으로 공연을 하였다.

관객으로 오신 한 분,

"'성북소리'를 통해 교수님 칼럼 매번 감명 깊게 읽고 있습니다."

어느 관객의 한 마디,

"오늘 연극, 인상 깊었습니다. 새롭게 용기가 납니다."

"꼭 제게 하시는 말씀 같아서 위로가 되었습니다."

이래서들 연기에 빠지는구나.

연기란 무엇인가.

우리는 지금 연기하고 있는 것인가?

실연을 하고 있는 것인가?

우리 모두 저마다 훌륭한 연기자.

오늘 분망했던 하루,

사람답게 사는 것,

사람 노릇…

사람 노릇한다는 게 쉽지 않다.

상대방의 입장을 헤아려 어려운 시간을 내고,

어렵사리 마음을 쓰는데 그래도 일이 꼬이는 수가 있다.

우여곡절 끝에, 숨도 안 쉴 만큼 동분서주.

수레바퀴처럼 숨가쁘게 바쁜 날이 있다.

오늘이 그런 날이다

강남 결혼식,

오늘 하루가 이틀처럼 바빴다.

휴~!

수업이 없는 오늘,

여유 있게 아침산에 올랐다.

언제부터 준비했는지 물 오른 숲, 물 오른 나뭇가지…

제마다 겨자씨만한 꽃눈을 밀어 올렸다.

어떤 빛깔,

어떤 모양,

어떤 크기의 꽃망울을 터트려

제 이름을 눈부시게 빛낼지 아직은 잘 모른다.

우리 학생들이 저러하리라.

대학생활이야말로 이름 석 자!

진정한 자기 이름을 찾아가는 과정이 되겠지.

그들과 눈 맞추며 귀 기울이며 따스하게 손잡아 이끌어 주리라.

사람 사는 모습 제각각

오늘, K 시인과 점심 식사 그리고 차 한 잔의 시간…

긴 이야기로 저녁 무렵에야 헤어졌다.

강의료에 관심도 없다는 여유.

그러나 세상엔 몇 푼의 강의료에 생계를 건 가장도 있다.

잠자코 듣고만 있다가

오래오래 길을 걸었다.

비 오시는 날.

옥수수밭 비 듣는 소리 느끼며 오래오래 서 있어 보기.

뽀득뽀득 양치하고, 고급스런 양단이불 덮고

시 한 편 써 놓고 오후 내내 잠만 자보기.

사월이 다 할 무렵 그대 소식 들었습니다

민들레 사랑처럼 다 잊고 사신다는

사월이

잔인하다는 걸

누가 먼저 말했나요

사월이 다 할 즈음 그대 소식 들었습니다

을숙도 갈대처럼 시절을 접었다는

사월은

또 다시 오겠지요

시침 떼고 오겠지요

성북의 아름다운 여성들과 칼국수 앞에 둘러앉았다.

조갯살 푹 우린 국물 맛,
추억의 악보만 같은 칼국수 면발,
태양초 성글게 갈아 손맛의 영역을 살린 배추 겉절이.

칼국수! 당최 말 없던 K 여사마저도
청산유수의 이야기꾼이 되어버린다.

학생들 기말성적 평가를 다 마친 지금, 잠이 오지 않는다.
앉은 자리에서 오른쪽 팔을 쭉 펴면 바로 손에 닿는,
『논어』를 다시 꺼내 읽는다.

보는 것은 명백하고자 하고
듣는 것은 분명하고자 하며,

얼굴색은 온화하고자 하고
용모는 공손하고자 하며,

말은 진실하고자 하고
일은 전념하고자 하며,

의심은 묻고자 하고
화가 날 때는 뒷날 화를 생각하며,

이득을 보았을 때는 의리를 생각한다.

어제 오늘, 틈틈이 겨울나기 준비.
살 오른 대추부터 말끔히 씻어 씨를 발랐다.
생강은 껍질을 벗겨 저미고, 수삼도 깨끗이 씻어 얇게 썰었다.
이것들을 함께 버무려 유리병에 넣었더니 꽃송이처럼 예쁘다.
토종꿀 알맞게 넣어 밀봉,
꿈 하나 다지듯 자리 골라 고이 놓는다.

김장 준비.
온종일 메커니즘과 완전 멀어지는 날.
파랑 갓이랑 무랑 다듬어 소쿠리에 받쳐놓고
생강이랑 양파랑 껍질 벗겨 갈아놓고
젓갈도 푹푹 끓여 체에 걸러놓고
일 년에 딱 한 번, 이런 시간도 꽤 괜찮은 것 같다.
화려한 휴식이다.

마음의 휴식…, 정신의 휴식….

강물이 풀렸다.

두 팔 걷어붙이고 창문을 활짝 열어 대청소 시작.

베란다 방치해 둔 장독대부터 말끔히 새 단장.

추위를 견디느라 물기 잃은 화분엔

잎새마다 줄기마다 꽃말 헤듯 물세례.

금세 싱그러움이 더해지는

잎,

　잎,

　　잎!

한가위엔
등근달에 비춰볼래.

소원 보기, 주변 보기, 내 모습 보기

한가위엔
달빛을 닮아볼래.

에너지 나누기, 정情 나누기, 거리 나누기

명절은 삶의 분기점인 것 같다.
소중한 사람들과의 우애가 다져지고,
어제의 꿈도 돌아보고 내일을 향해 나아갈 수 있는,
내면 깊이 들여다볼 수 있는 그런 분기점.

아무도 보이잖는 산
노천탕 하나쯤 있으면 좋겠어.

쏟아지는 가을볕에 심신을 맑히며
기도하고 싶어.

분꽃처럼
겸허히
어여삐
살게 해 주소서!

장마 끝, 성소聖所를 찾고 싶다.
오래오래 기도하고 싶다.

행주랑 수건이랑 죄다 모아
빨래비누 착착 이겨 눈부시게 삶았다.

종류별로 줄 맞춰 양지쪽에 널었더니 새하얗게 산들거리고 있다.

가을이 오고 있다.

언어와 대상의 탄력 있고 경제적인 결합!
언어가 언어답게 꽃 피우는 때다.

나를 나답게 하기 위하여 끝끝내 흔들리지 않을 것
내 안, 중심에 두어야 할 것들을 생각한다.

목소리 한결같도록!

포지션 흩어지지 않도록!

마음결 그윽할 수 있도록!

쉬는 시간,
학생들과 구내식당을 들렀다.

태형이의 강력 추천에 의해 먹게 된 라면,
적당한 양의 계란과 알맞게 매운 국물 맛,
쫄깃쫄깃 면발의 맛이 일품이다.

먹는 장소에 따라,
끓이는 솜씨에 따라 라면의 맛은 천차만별….

언젠가부터 온 국민의 기호식품이 된 라면,
자못 라면의 역사가 궁금해진다.

갑자기 추워진 날씨….

추위가 계속되고 있지만 눈(雪)이 함께 하니 강철로 된 무지개.

굳건한 의지가 필요한 연말.

서릿발 같이 매운 날씨

성깔 있는 여인의 지조 같다고나 할까.

분명하고 깔깔한 매력이 있다.

추워진 날씨 따라
냇물이 얼었습니다

그 추위 어쩌지 못해
강물도 얼었습니다

아버지
뒷모습 같은 바다는
한파쯤 다 품어냅니다

8.

독서

갈피갈피 새로운 거

고난에 처하면 인간관계가 가려진다고 한다.

잘 나가던 친구가 하루아침에 불안정한 생활을 하게 되었다.

정호승의 시를 읽는다.

"싸락눈 아프게 내리던 날

가난한 고향의 집을 나설 때

꽁꽁 언 채로 묵묵히 나를 따라 오던

당신을 오늘 기억합니다."

인생이란
넘어도 넘어도 도달해야 할 산길 같은 것.

세상은 친구를 만들어주지만
세월은 친구를 확인시켜 주나니.

1980년대 초에 교보문고가 문을 열었다.
가까운 중형서점에서 책을 구입해 읽던 나에게
세계적인 서점인 광화문의 교보문고는
보물섬처럼 놀랍고 신기한 곳이었다.

그 어마어마한 규모, 엄청난 서적, 화려한 내부 인테리어!
책뿐만 아니라
독서와 관련된 문구와 음반 등도 함께 판매되고 있었는데
이 모든 것은 분명 문화적 충격이었다.
이십대 후반, 그때부터 나는 교보문고 매니아가 되었다.

처음에는 촌사람 서울 구경하듯이 연필 한 자루 살 일이 있어도
구경삼아 드나들었고
공부를 시작하고부터는 전공 분야 서적을 사기 위해 찾아갔다.
딱히 살 일이 없어도 진열되어 있는 책을 살펴보는 것만으로도
가슴이 충일되는 희열을 느끼며
하루의 보람과 위로를 찾을 수 있었다.

네루의 『세계사 편력』은 가장 세밀한 역사의 고전이다.
독립 운동가였던 네루는
13살 딸에게 옥중에서 편지를 통해 역사관을 심어 주었다.
특히 인상적인 부분은 유럽 왕가의 계보다.

이태리 밀라노에는 메디치 가
오스트리아는 합스부르크 왕가
프랑스 파리 부르봉 왕가
러시아 로마노프 왕가
영국 하노버 가
프로이센 호엔촐레른 가

『인문의 숲에서 경영을 만나다』를 읽다.
정진홍의 글은 언제 읽어도 유익하다.
인문학 토양 위에 감각의 레퍼런스가 있어 몰두하게 된다.
사물과 현상에 대한 놀라운 통찰 그리고 통찰의 힘.

혼돈의 감옥에 갇히지 않고
불확실성의 벽을 넘어
분명한 비전의 새 길로 나아가려면 통찰의 힘을 길러야 한다.
여기서 안주하지 않고 가로막힌 벽을 뚫으며
새로운 돌파구를 찾아야 할 때 우리가 들어야 할 진정한 무기가
바로 통찰의 힘이다.
그리고 그것을 기르는데 뿌리로부터 올라오는 자양분의 밑동이
바로 인문학이다.
통찰의 근원은 인문학이다.
그것이 인문학을 주목하는 이유다.

살기 위해서 그리고 생존하고 번영하기 위해서!
오늘을 이해하기 위해서!

혜경궁 홍씨의 내간체 회고록, 『한중록』은 굽이굽이 아픔이다.
혜경궁 홍씨는 열 살에 궁중에 들어와 사도세자의 부인이 되었다.
영조의 며느리로,
정조의 모친으로 살다 간 그의 생애는 첩첩이 회한이다.
아픔으로 점철된 한 여인의 삶.
그것은 부귀와 상관없이 애절하다.

『한중록』은
당시 궁중 생활의 이모저모를 알 수 있다는 점에서도 의미가 있다.
지엄한 궁중의 법도는
남편을 잃은 기막힌 아픔조차 자유롭게 표현할 수가 없었다.
한 여인이 겪어야 하는 비애…
남편에 의해 좌우되는
여인의 운명은 궁중에서나 사가에서나 다름이 없다.

문학적으로도 높이 평가되고 있는 천 년 베스트셀러, 『한중록』.

내가 꿈꾸는 2015년 글쓰기!
섬세하고 내밀한 묘사,
풍부하고 기발한 아이디어,
아름답고 가치 있는 스토리.

고미숙의 『몸과 인문학』을 흥미롭게 읽다.
내가 고미숙 저서에 관심을 갖게 된 것은
그가 번역한 박지원의 『열하일기』를 읽고부터다.
고전중의 고전 『열하일기』.
다양한 인생 방정식의 스펙트럼.
공감의 별표가 많아 컨셉 노트에 적었다.

"강밀도는 각각의 리듬에 변화와 개성을 부여하는
진동 혹은 임팩트다.
그 기준은 청정함이다. 청정하다는 건 말과 행동, 명분과 실상,
앎과 삶 사이의 간극이 없음을 의미한다.
간극이 없어야 다음 스텝으로 경쾌하게 넘어갈 수 있다."

수업을 마치고 캠퍼스 언덕길을 내려오는데
한낮이 눈이 부셔 야생화 선연한 잔디밭을 빙빙 돌았다.
그냥 집에 오기가 날씨에 미안스러워 영풍문고에 들렀다.

박범신의 『힐링』,
함민복의 『눈물을 자르는 눈꺼풀처럼』,
이레이그루크의 『내일로부터 80킬로미터』를 사들고 들어왔다.

선 채로 책장부터 넘겼다.

—'망했다' 생각들 때 그걸 에너지원으로 삼으라.
—살아생전 마음 하나 둥글어지고 싶다.
깊어지고 싶다. 그뿐이다.

청계천에도 남산에도 이어지는 꽃수레.

꽃길을 돌아, 꽃길을 걸어 교보에 갔다.

『인생 따윈 엿이나 먹어라』

마루야마 겐지의 산문집이 눈에 띄었다.

은둔 작가다운 제목이다.

돌직구의 역설이 기대되어 집어 들었다.

요즘도 틈만 나면 자주 가는 곳이 교보다.

책이란 어떤 경우도 저자의 치열한 정신적 노작이며 결정이다.

교보는 이러한 지성과 문명의 숨결이 머물고 있는 곳이다.

그 곳은 책을 사랑하는 사람들과 꿈을 찾는 사람들로 언제나 붐빈다.

교보에는 책을 통해 길을 찾는 사람들의 꿈이 있고 희망이 있다.

그래서 마음이 답답할 때,

힘들어 위로를 받고 싶을 때 나는 교보에 간다.

교보는 내 정신의 고향이다.

군대 간 제자, 하준이에게서 책을 추천해 달라는 메일이 왔다.
『독일인의 사랑』을 추천하였다.

순수한 영혼의 사랑을 느끼게 해 주고 싶었다.
명문장 하나를 곁들여 보내주었다.

**"사랑을 아는 사람이면
사랑에는 척도라는 것이 없다는 것."**

사랑을 하려면 몸과 마음을 다해 바쳐져야
진정한 사랑이라 할 수 있다.

날씨가 좋아 그대로 보내기엔
봄에 대한 예의가 아닌 듯싶어 달빛마루 도서관에 들렀다.

『오주석의 옛 그림 읽기의 즐거움』,
『오주석이 사랑한 우리 그림』,
『오주석의 한국의 美 특강』,
오주석의 책 세 권을 빌려왔다.

오주석!
아름다운 영혼이 깃든
아름다운 문장을 쓰는
아름다운 사람이라는 생각이 든다.

민족의 대명절 한가위 끝자락.

고단해진 심신을 산들바람에 맑히고 싶어
길을 나섰다.
나들이 길에서 맛보게 된 햄버거. 가히 매혹적이다.
『미국을 말한다』의 한 구절이 떠오른 건 왜일까.

"햄버거.
그 달콤함에 젖어
햄버거가 우리의 정신마저 삼켜버리게 할지,
아니면
햄버거에 녹아 있는 쓰디쓴
대규모 자본의 힘을 경계할 것인지는
전적으로 우리의 선택에 달려 있다."

주일이 좋다.

천천히 예배당 다녀오구

천천히 산에 다녀오구

천천히 서점에 다녀올 수 있어 좋다.

숱한 사람들이 책을 고르기 위해,

음반을 고르기 위해,

문구류를 고르기 위해 푸른(!) 공간에 활기찬 걸음으로 모여

진지하게 집중하고 있다.

도심 한복판에 이런 꿈같은 문화공간이 있다는 게 고맙고 기쁘다.

고운 빛깔의 노트,

좋아하는 빛깔의 펜을 고르는 재미 또한 쏠쏠하다.

프랑스 천재 작가, 『개미』의 작가
베르나르 베르베르의 『상상력 사전』을 읽는다.
상상력을 촉발하고 사고를 전복시키는 새로운 백과사전.
그가 열세 살부터 30년 이상 써온 비밀노트다.

베르베르는 톨스토이, 셰익스피어, 헤르만 헤세와 함께
한국인이 가장 좋아하는 외국 작가로 선정된 바 있는 소설가다.

우리는 독서를 통해서 우리가 경험해보지 못한 시간과 공간을
무한정으로 확대하면서 폭넓고 깊이 있는 삶을 간접적으로 체험한다.

독서를 하면서 인류 발전에 이바지한
옛 성현들의 숭고한 정신과 사상을 접할 수 있으며
먼 나라 위인들을 만나면서 삶의 의미를 깨달아 간다.

그래서 독서왕인 일본의 다치바나 사카시(立花隆)는
도서관은 만인의 대학이고 책은 평생 교수라고 하였다.

청소년 추천도서를 고르기 위해 영풍문고에 들렀다.
책의 향기가 느껴져서 기분 좋다.

『현실, 그 가슴 뛰는 마법』,
『청소년을 위한 택리지』,
『10대와 통하는 윤리학』을 사들고,
책장을 넘기고 싶은 설렘에 서둘러 집에 왔다.

사회과학서나 인문서적은 세상 사물에 대한
명쾌한 이론이나 해석으로 지적 희열을 주고
문학 작품은 감동으로 기쁨과 위로를 준다.

저자의 사상과 철학을 만나는 기쁨,
책 속에 재현된 선인들의 높은 정신세계를 만나는 기쁨,
그러면서 세상 이치를 터득해가는 기쁨,
책이 주는 즐거움은 이루 다 열거할 수가 없다.

후배가 사 준 고미숙의
『나의 운명 사용 설명서』
소중히 들고 오랜만에 청계천 변을 걸었다.

유유히 흐르는 물결 속, 물고기 떼가 평화롭게 유영하고 있다.
앞에 걷던 후배가 정현종의 「방문객」을 물결처럼 암송한다.

"사람이 온다는 건
실은 어마어마한 일이다
그는
그의 과거와 현재와
그리고
그의 미래와 함께 오기 때문이다
한 사람의 일생이 오기 때문이다"

새 책이 좋다.

새 책의 책장을 넘길 때의 냄새가 좋다.

최초의 신화 『길가메쉬 서사시』

책장을 넘길 때 더욱 그랬다.

경이롭게 읽다간, 삶이란 명제 앞에 진지해지던 그 책.

그는 산길을 연 자며

산비탈에 우물을 파낸 자다.

바다를 건너 넓디넓은 대양을 횡단하여

태양이 드는 곳으로 여행한 자다.

영생을 찾기 위해 세상 끄트머리를 탐험한 자다.

책장을 넘기는데 비비안 웨스트우드의 말이 시선을 끈다.

"누구에게도 많은 것을 기대하지 말 것
그리고 질투하지 말 것

사랑하면 곁에 머물 것이고
아니면 떠나는 것이 사람의 인연이다
그러니 많은 것에 연연하지 말라

그리고 항상 배우는 자세를 잊지 말고
자신을 아낄 것"

따뜻한 고요라야 꽃으로 피는지요

절정의 뙤약볕을 공순히 불러모아

하야니 새하야니 꽃말 하나 여는가요

꽃다운 자리라야 이름 정히 얻는지요

물살의 흔들림을 잎새로 다독이며

하야한 새하야한 꽃 한 송이 올리는가요

9.

공감

아름아름 별빛 드는 거

비무장지대 맴돌다
휴전선에 앉은 나비

가지마다
잎새마다
눈물겨워
여윕니다

난 그저
유채꽃 꺾어
손에 들고
걷습니다

광복 70년 행사가 다채롭다.
광복 70년은 동시에 분단 70년이기도 한 것을….

막심 벤게로프 & 폴리쉬 체임버 오케스트라 내한 공연,
예술의 전당 콘서트홀에서 있었다.

청중을 사로잡는 압도적인 연주와 카리스마에
관객들은 미동도 하지 않는다.
이 시대 최고의 바이올린 연금술사, 막심 벤게로프.

그는 바이올린을 흐느끼게 하고 노래하게 한단다.
100년에 한 번 나올 연주자, 황금의 손이라고 칭하기도 한다.
클래식의 화려한 여운이 밤을 채색하고 있었다.

음악의 선율을 오감으로 느끼다.
아름다운 음악을 시의 드라마로 엮고 싶다.
슈베르트가 괴테의 시를 음악으로 연출했듯….

열차 타고
남도 가는 길.

능선끼리 다정하매
별을 품어 왔음이다

새소리 유순한 들녘
해를 놓지 않음이다

어데쯤
연잎 같은 정인情人 있어
마중 오고 있음이다

보아도 다시 보고싶은 연극.
〈박진신의 마임 모놀로그—인생은 아름다워〉

사람들이 무심히 지나치는 대학로 골목.
소박한 귀퉁이를 돌면 행복이 묻어나는 푸른색 소극장이 있다.
개성있는 공연들이 아름아름 피어나는 곳이다.

'푸른달' 대표이자 극작가, 연출자인 박진신 씨가 맨 몸으로 등장한다.
자신이 살아온 시간을 마임으로 풀어내는 그에게서 희망이 전해진다.

상상은 진실이 되고
전하고 싶은 마음은 몸짓이 되어 행복한 울림으로 다가왔다.
몸을 통해서 전해져오는 진심이 고스란히 온몸으로 느껴졌다.

그게 좋아 이 공연만 세 번 보았다.
동심을 잃지 않는 어른, 꿈을 잃지 않는 어른.
박진신이 추구하는 메시지다.
그는 소년 같은 어린왕자다.

빛바랜 노트를 넘기다 눈에 띈 구절 하나.

일백 번 생각해도 변함없는 다짐,

이승에 사는 한 따뜻이 살자는 것.

개어오는 서쪽 하늘.

정감 가득한 설 선물을 건네며 친구가 묻는다.

"작가는,
후세토록 이름을 남긴 작가들은
그들의 그림을 그릴 때, 혹은 작품을 쓸 때
예술성에 비중을 두었을까,
대중성에 치중했을까!?"

마음을 담은 선물은 네잎클로버 같다는 생각을 하며
내가 말했다.

"젤 중요한 건 공감이 아닐까.
공감은 진정성에서 나오니까."

혼자 읽기 아까운 이우걸 님의 시편들.

내 하루의 징검돌 같은 밥 한 그릇 여기 있다
내 하루의 노둣돌 같은 밥 한 그릇 여기 있다
내 한의 얼레줄 같은 밥 한 그릇 여기 있다

네가 주인이라서 섬기며 살아왔다
네가 목숨이라서 가꾸며 살아왔다
그 세월 지난 듯도 한데 왜 아직도 배가 고프니?

—「밥」 전문

작은 웃음보이며, 맑게 맑게 반짝이며
노을 속에 서 있는 산 개울가의 너는
장님이 데리고 가던
어느 딸애의 살결 같은 꽃

—「달맞이꽃」 전문

이런 시는 연필로 써야 하리.
그리운 들녘 같아서, 소중한 흑백사진 같아서, 애틋한 여울물 같아서.
구절마다 따뜻한 핏줄이 돈다.

계절이 남기고 간
앞마당은 비어 있고
아버님 손길 어린
성경책도 여위었고
찬바람
끝간 자리에
기러기떼 날은다

눈물로는 감당 못 할
산자락에 눈 내리면
해 돋는 언덕에서
그 빛을 고이 받아
아버님
당신을 위해
매화로나 필까요

연둣빛 수원의 거리를 걸어

경기도 문화의 전당 〈피카소 전시회〉를 다녀왔다.

20세기 최고 화가의 다양한(200여 점) 작품을 감상할 수 있어

행복하였다.

그는 도예가, 삽화가, 시인으로서도 식을 줄 모르는

창작열과 실험정신을 보인 뜨거운 예술가였다.

파블로 피카소가 남긴 어록을 음미해본다.

"예술은 불필요한 것들을 없애는 것이다."

"저급한 예술가들은 베낀다.

그러나 훌륭한 예술가들은 훔친다."

"나는 르네상스 대가들처럼 그리는 데는

몇 년이 채 걸리지 않았지만,

아이들같이 그리는 법을 배우는 데는 평생이 걸렸다."

영화 〈노아〉를 보았다.

주제를 살리기 위해,
극적인 재미를 위해 성경을 각색하여 만들 수는 있다.
그런데 어떤 효과를 위해
이 영화를 만들었는지 얼른 감이 오지 않았다.

강력한 메시지가 있는 것도 아니고,
인물을 통해 감동을 주는 것도 아니고,
스토리에 밀도가 있는 것도 아니다.

그렇다고 성경을 알리는 데 보탬을 준 것도 아니다.
대작을 만들기 위해 열정을 다했다는 느낌은 분명 들지만….

영화 〈명량〉을 보았다.

명량해전에 초점을 둔 영화였다.

"군율은 지엄한 것이다."

"죽고자 하면 살고, 살고자 하면 죽는다."

실력과 인품과 리더십을 겸비한 이순신.

무엇보담 나라를 구하고자 하는

그의 애국심이 관객의 호응을 얻은 것.

그의 리더십을 확인할 수 있는 영화였다.

웅장한 배경과 스케일에 비해 영화의 완성도에 있어서는

아쉬움이 없지 않았다.

국민대 '지성과 글' 워크숍.

"자신의 생각이 아닌 것은 글이 아니라는 것.
대학생 리포트.
자기 기준,
자기 방식으로 풀어내게 하자는 것.
글을 구조화시키자는 것.
'글쓰기는 즐겁다'는 생각을 갖도록 하는
교수법이 필요하다는 것."

글쓰기는 가장 효과적으로 자신을 표현하는 수단.
설득력 있는 주제였다.

고즈넉한 가을 밤,

예술의 전당 콘서트홀에서 열린 스위스 이탈리안 오케스트라
첫 내한 공연은 말 그대로 기적 같은 하모니였다.

금세기 최고의 거장이라 불리는 블라디미르 아쉬케나지 지휘,
한국인 최초
유럽문화상 신인 연주자상을 수상한
바이올리니스트 최예은이 함께 한 공연.

이 아름다운 꿈의 선율.
삶이 고단한 이웃들에게 괜스레 미안(?)스럽다.

〈성북소리〉 원고를 받은
홍보담당관 김나연 선생으로부터 답글이 왔다.

"선생님 안녕하세요.
이번 달도 소재, 문장, 내용 또한 정말 좋았습니다.
감사드려요.
그리고 여담인데요,
이렇게 좋은 글을 쓰려면 무엇을 어떻게 해야 할까요?
본받고 싶습니다.
선생님! 선생님 원고를 읽고나니
다가올 봄이 무척 기다려지네요.
통통거리며 뛰어다니는 어린 딸아이와 함께
개운산에 오르고 싶어졌어요.
잘 읽었습니다. 선생님의 글을 맨 처음에 읽을 수 있는
첫 번째 독자의 영광을 누리며 다음에 또 인사드릴게요.
감기 조심하시고 건강하세요."

내 글에 관심을 갖고 기뻐해 주는 그의 고운 마음결이 고맙다.
과연 좋은 글이란 어떤 것일까.
내 글은 좋은 글일까, 잘 쓴 글일까.

박권숙 시인.

그는 스물다섯, 꽃다운 나이일 때 신부전증 판정을 받았다.

병마는 그에게 한시도 호락호락한 적이 없어

아버지 신장을 받아 이식하였지만 부작용,

여동생에게서 신장을 이식받는다.

이제 혈액 투석은 더 이상 받지 않지만 각종 합병증에 시달리고 있다.

그의 투병일지 같은 작품 「쇠뜨기」

뽑히면 일어서고 짓밟히면 기어가는

너는 끊긴 길 앞에서 아무 말 묻지 마라

허공에 흩뿌린 풀씨 그 마저 묻지 마라

〈위대한 개츠비〉 영화를 다시 보았다.

자리를 뜰 수 없는 감동이 다시 밀려든다.

소중한 것들은 순식간에 사라진다고 한다.
그리고 돌아오지도 않는다고 한다.
정말 그런가?
세상은 그렇게 허망한 것인가?

개츠비.

한 여인을 향해 평생을 바쳤지만 그에게 남은 건 상실 뿐이었다.

그렇다고 그의 애정과 집념을 어찌 덧없다 말하랴.

데이지를 향한 그의 순정이야말로 무궁무진한 삶의 방식 중

사라지지 않는 귀하고 강렬한 가치가 아닐까.

시에 관심을 갖는 지인들과 만났다.
시의 경향에 대하여 말하다가 포스트모더니즘 이야기가 나왔다.

21세기를 대표하는
사상의 체계는 대개 포스트모더니즘이라고 일컫는다.
포스트모더니즘은 근대 이후의 시대 사상을 일컫는 말이기도 하면서
근대주의의 사상 체계를 무너뜨리는 새로운 사상의 경향이다.

이에 반해서 종교 개혁, 산업혁명, 프랑스 혁명.
이러한 근대의 3대 혁명이 표출된 것이 계몽주의다.
계몽주의란 어떠한 문제에 대하여 그 답은 가능한 한 가지.

포스트모더니즘은
다양한 진리들,
다원화의 인정,
개성과 상대성을 인정하는 것.

나의 시는 포스트모더니즘 어디쯤일까?

어린이 글쓰기의 출발점은 마음을 아름답게 가꾸는 일이다.
글쓰기에는 비법이 따로 없다.

아이들 마음 밭에 건강한 정신과 바른 인성이 깃들어야 한다.
아름다운 정서에서 아름다운 글이 나온다.
기본이 다져진 후라야 창의력과 사고력, 감수성 계발을 통해
자유자재로 글쓰기를 할 수 있게 되는 것이다.

논리력을 길러 분석과 비판에 강해지는 것이 마지막 단계이다.
어린이는 꽃으로도 때리지 말라고 했다.

옛날 다산은 아들에게 주는 편지에서 말했다.

"많이 읽고 많이 생각하면 어떤 사물을 접했을 때
저절로 시가 되어 나온다."

오늘도 컴퓨터 앞에서 이영도 시조 연구에 전념하고 있다.

일찍부터 유교적 가풍과 전통적 가치관을 몸에 익히며 체화된
그의 한국적 정체성은 자신의 문학에 짙게 표출되어,
1976년 그가 타계할 때까지 30여 년에 걸쳐 한국 여류시조 문단에
독보적인 인물로 남게 된다.

숲은 더 푸르고 새소리 더욱 아롱지는 이때,
정운의 시조 한 수 외워본다.

너는 저만치 가고 나는 여기 섰는데
손 한번 흔들지 못한 채 돌아선 하늘과 땅
애모愛慕는 사리로 맺혀 푸른 돌로 굳어라.

청춘이여,
비 오면 그 비, 그냥 맞으시게.

봄 가면 여름 오고
여름 가면 가을 오고
가을 가면 겨울 오고
겨울 오면 또 봄이 오듯

만남과 이별
기쁨과 슬픔
사랑과 미움

가고 오고
오고 가나니.

비 오는 저녁.

KF 갤러리.

전 코스타리카 문화부 장관이었던
마누엘 오브레곤의 피아노 리사이틀.
숲 속의 음악회 같은 무대 분위기.
눈 맞추며 호흡을 맞추며 연주하는 피아니스트와 퍼커셔니스트.
한여름밤 행복의 한마당.

특히 다양한 악기로 자연의 풍경을 상상하게 하는
퍼커셔니스트에게서 특별한 느낌을 받는다.
조개를 불면 새소리,
열쇠 묶음을 흔들면 강물 소리,
호흡을 할 때도 신비스러운 소리를 내고 있었다.

어떻게 수련을 쌓으면 저렇듯 놀랍게 연주할 수 있을까.

유난히 볕 좋은 날,

언니와 봄 나들이.

언니랑 도란도란 이야기, 꽃길처럼 이어지고

휴게실 호떡이랑 호두과자, 추억에도 잠겨보고

꽃을 봐도 감탄하고,

햇살 앞에 감사하고

마음 속 순수한 감성으로 가득한 언니.

이런 언니와 함께 있으면 세상 모든 사물이 시가 된다.

화원 들러 분갈이도 하고

봄꽃 한아름 안겨주는 언니,

모습도, 마음결도, 말씨까지 이쁜 우리 지현 언니.

언니는 우리 언니는

땅 열 마지기 택!

10.

이웃

걸음걸음 정에 사는 거

운을 여는 산, 꿈을 여는 봄

봄을 품고 2월이 왔다.

올해도 2월은 28일이다. 열한 달 모두 서른 날을 채우고 있는데, 2월만은 제 몫의 이, 삼일을 양보하기에 해마다 삼백육십오일이 차질 없이 흘러가고 있다.

오늘은 봄 이야기를 하고 싶다. 절기의 조절을 위해 자신의 날짜를 겸허하게 양보한 2월엔 봄 이야기를 하고 싶다.

이른 새벽, 성북의 운을 열어준다는 개운산開運山을 찾았다.

산길에 접어들자 바위너설 사이 여명이 비춰들고, 울창한 산림들은 우리네 사람들을 위해 길을 내어주고 있다. 머문 자리에서 제 몫을 다하는 나무들의 넉넉한 순응을 배우며 천천히 발길을 옮긴다.

십여 년 전, 우리는 은하수 찾듯 개운산을 올랐고, 정상에 오른 사람들은 사방으로 탁 트인 성북의 아름다운 전경에 눈을 떼지 못했다. 어쩌다 눈이라도 오는 날이면 우리 가족은 다 함께 산으로 향했다. 아무도 밟지 않은 산길에 먼저 발자국을 남기고 싶어서였고, 설원 앞에서 마음을 정화시키고 싶어서였다.

그러나 시대의 흐름을 따라서 오늘의 개운산은 옛날의 개운산과는

다른 모습으로 필자를 맞았다.

성인聖人도 시속時俗을 따르라 했던가.

오솔길이었던 산길은 포장도로가 되어 크고 작은 자동차들이 빈번하게 오르내렸다. 자연 친화와 인간 친화, 시대 정신을 함께 느끼며 산 중턱을 오르니 전에 없던 스포츠센터가 시선을 끈다. 주민들의 지·덕·체 함양을 위해 세워진 편의시설이다. 드넓은 수영장엔 수많은 사람들이 수영을 즐기고 있었고, 헬스장 역시 많은 사람들이 체력 단련에 여념이 없다. 어디를 가나 사람들이 붐빈다. 다양한 문화프로그램도 눈에 띈다. 한적했던 개운산이 이제 주민들이 애용하는 명소가 되었다.

백세 시대를 맞아 우리의 관심은 건강한 삶이 화두가 되고 있다.

그래서 사람들은 건강한 내일을 위해 운을 여는 개운산을 찾는다.

예나 이제나 우리의 개운산은 주민들에게 희망을 주는 산이다.

2월이 왔다. 입춘立春을 품고 참하게 왔다.

영하에도 식지 않는 온기의 창을 열고

맨손으로 탑을 쌓듯 개운산에 오릅니다

미리내 강물만 같은 그런 사람 만납니다

햇살이 팽팽하다.

김장철이 되었다. 가을을 장식했던 단풍에 물기가 가시고 가로수 아래 낙엽이 떠돌기 시작하면 마음이 부산하다.

송구영신이라 하지만 김치만큼은 예외다. 오순도순 오가는 인정 속에 시각·후각·미각이 어우러진 김장김치의 깊은 맛은 가히 예술이다. 봄철 젓갈 담그기, 하지 마늘 준비, 추석 즈음의 고춧가루 채집. 드디어 길일吉日 김장날의 진풍경은 속도의 가치도 무력하게 만든다.

겨울 채소가 귀했던 옛날에는 김장이 주식이다시피 중요한 식량이었으나 서구화된 식성과 계절 없이 신선한 야채를 얼마든지 구경할 수 있어 김장의 비중이 해마다 약화되는 것이 현실이다.

그러나 시장에 가보면 김장거리를 흥정하는 주부들로 발 디딜 틈이 없다. 산더미처럼 쌓여있는 무·배추 상가가 사람들로 붐비고, 젓갈류 판매장 역시 긴 행렬이 순서를 기다리고 있다. 고생하며 김장거리를 사오면서도 마음은 뜨겁다. 그 활기찬 분위기는 우리 고유의 정서이자 정체성이며 아름다운 미풍이기 때문이다.

필자 또한 아무리 바빠도 50포기 이상의 김장을 한다. 그것을 안 이웃들이 해마다 서로 도와주겠다고 나선다. 정겨운 우리 성북 사람들어디 그뿐인가.

아들 며느리, 일가친척까지 모인 김장날의 거실은 정情, 정, 정의 온실이다. 덕분에 필자는 일 년 중 가장 오진 식사당번이 되어 찹쌀밥 짓기, 수육 삶기, 배춧국 끓이기에 분주하다. 이렇게 되면 김장은 힘든 일이 아니라 소설小雪에 가족과 이웃이 웃고 즐기는 행복한 잔칫날이다.

이 같은 김장문화야말로 갑도 을도 없는 강강술래 한마당이다.

그런데 무심코 켜 본 텔레비전에서 무소불위의 권력을 휘두르는 갑질의 이야기가 흘러나오고 있다.

한 사람 갑의 횡포가 항공 운항에 많은 차질을 빚었다고 한다. 언제부터인지 갑과 을이 나뉘는가 싶더니 갑질이라는 말이 예사로 떠돌고 있다. 돈과 권력이 생사여탈을 쥐락펴락하고 있는 것이다. 여기에 조종사의 소신 있는 용기는 왜 없었을까. 안타까운 욕심도 부려보지만 필자를 비롯한 수많은 을에게 물을 때 누가 자유로울 수 있을까.

새해, 서로서로 배려하고 존중하는 세상이 되기를 소망한다.

사람답게 사는 세상을 꿈꾸며, 이런저런 사정으로 김장을 못한 이들을 위해 김치를 몫몫이 나누어 담는다. 아 아, 어느새 창 밖에는 축복처럼 첫눈이 내리고 있다. 올 겨울도 따뜻할 것 같다.

달무리 속 비밀의 방

숨겨 둔 사연 하나

다스리다 다독이다
심지 하나 올립니다

만장의
역사를 이룹니다
첫눈으로 오십니다

사람이 그립다

사람이 그립다.

철학의 부재, 윤리의 부재인 이 시대, 연일 일어나는 사건들이 우리를 슬프게 한다. 충격적인 인권 유린은 우려를 넘어 실망을 주고 있다.

마음이 어수선할 때는 백석의 시집을 꺼내 든다.

"가난한 내가 아름다운 나타샤를 사랑해서
오늘밤은 눈이 푹푹 나린다."

이렇듯 아름다운 시를 쓴 백석. 그 백석을 사랑한 자야, 김영한.

길상사는 성북구 성북동에 있다. 제법 먼 거리였지만 길상사까지 걷기로 했다. 도심 속 오아시스처럼 길상사의 수려한 수목은 예나 지금이나 세속의 미망迷妄을 잊게 해준다.

작은 연못, 하얀 연꽃 또한 자야의 순결한 사랑을 상징하듯 깨끗하게 피어 있다. 약수터 도라지꽃은 자야의 손길과 백석의 아름다운 시심이 깃든 듯 함초롬히 빛나고 있다.

천 억 재산보다 백석의 시 한 줄의 가치를 더 귀히 여긴 자야. 백석에 대한 그리움으로 백석의 생일이면 하루 동안 일체의 음식을 입에 대지 않고 금식했다는 자야.

자야는 백석의 '산꿩도 섧게 울은 슬픈 날'에 마음이 갔을까. '쌀랑쌀랑 소리도 나며 눈을 맞을 그 드물다는 굳고 정한 갈매나무'에 마음이 쏠린 것일까. 8월의 한나절, 명상의 공간 〈침묵의 집〉 앞에 섰다.

잠시 걸음을 멈추고 가슴 아픈 사회 현상을 묵상해 본다. 물질 지상주의가 만연한 우리 사회, 사람들은 너무나 속도 위주로만 질주해왔다.

전 생애를 바쳐 한 사람을 향해 헌신한 김영한의 세월을 따라가 본다. 분명한 것은 사랑은 낭만도 아니요, 관념도 아니라는 것. 사랑은 우리네 삶의 영원한 화두이고, 진정한 사랑은 상대방으로 하여금 구원의 힘을 주기도 한다.

그러나 남녀 간의 사랑만 논하기엔 시절이 너무 각박하고 힘들다. 양떼구름 만개한 날, 김영한의 숨결인 듯 목백일홍 한 그루 길상사를 밝히고 있다.

사람이 그립다. 아름다운 사람이 그립다. 절체절명의 순간, 민간인의 피해를 줄이기 위해 비상착륙을 시도하다 산화한 다섯 소방관이 그립다. 일평생 자신의 농토를 꽃밭처럼 가꾸며 정직하게 살아가는 농부의 넉넉한 웃음이 그립다.

어떤 유익 앞에서도 자존심을 바꾸지 않겠다던 밀양의 K시인이 그립고, 인종과 국가를 넘어 한국인보다 더 한국을 사랑했던 호머 헐버트 박사가 그립다.

가을이 오고 있다. 입추가 지나니 하늘이 높고 푸르다. 이 세상 모든 보고지운 만남들을 위해 그리움의 자작시 한 편 가을바람에 부친다.

소낙비
퍼붓더니
물소리 깊습니다

그 물결
조약돌을 굴리며
한 이름을 긷습니다

이 소리
내 귀에 닿기까지
숱한 해가 돌았습니다

유월이 되었다. 어느새 연둣빛 신록이 진초록으로 온 세상을 뒤덮고 있다. 나무도 숲도 산도 만 리 가득 푸르름으로 빛나고 있다. 태양은 밝고 바람은 시원한 날, 갈맷빛 색조에 이끌려 아침 산책길에 나섰다.

필자가 명명한 파라다이스 계단을 따라 중간쯤 올랐을 때다. 앞서 걷는 아주머니 두 분의 서글픈 대화가 걸음을 멈추게 한다. 나이가 들수록 점점 웃을 일이 없어진다는 내용이었다.

가치관의 부재가 낳은 이웃의 기막힌 이야기가 남의 일 같지 않다. 그 곁에 사람의 세상사(?)야 알 바 아니라는 듯 자귀꽃이 꿈꾸듯 피어났다. 장미가 지고 나니, 금실 좋은 자귀꽃이 구름처럼 피어났다. 작은 가지 큰 가지 화사하게 꾸며놓은 나무 우듬지, 색실을 뭉쳐놓은 듯 하늘을 향해 아련히 피어있는 유월의 꽃. 분홍빛 베일을 쓰고 기도하듯 피어났다.

이런 날, 필자는 자귀꽃 나무마다 누군가의 사연이 깃든 것만 같아 숙연해진다. 웃음을 잃어가는 사람이 어찌 노인뿐이겠는가. 특히 올봄은 온 국민이 총체적인 우울과 슬픔 속에 잠긴 봄이었다.

필자는 나라의 은혜에 항상 감사하면서 살았다. 아름답게 잘 만들어진 공원, 산책길, 쾌적한 도서관, 세련되고 편리한 공공시설, 노인들의 무임 승차, 역사상 유례없는 풍요와 문화적 혜택을 누리고 있다는 생각에 나날이 감사했다. 좋은 마을, 좋은 나라에 살고 있는 것을 행복해 했다.

그런데 올 봄은 필자의 이런 긍정의 의식이 여지없이 무너져 내렸다. 세월호 이야기다. 물질만능의 사회적 풍조가 엄청난 불행을 가져온 것이다. 언제부턴가 많은 사람들이 테크노피아의 찬란한 문명 속에서 참사랑과 정의와 양심을 망각하고 있었다.

누가 누구를 탓할 수 있으랴. 우리 모두 봄을 잃고 있었으나(春來不似春) 계절은 어김없이 성하盛夏의 여름이 되어 자귀꽃을 밀어 올렸다.

사람 위에 사람 없고, 사람 아래 사람 없다고 했던가. '다시 사람이 희망입니다' 길가, 잠언 같은 문구文句를 인상 깊게 읽으며 산책길 상서로운 길을 천천히 걸었다. 가정에서, 마을에서, 국가에서 사람 중심의 기본적 가치를 지향할 때 우리 모두 잃어가는 웃음을 되찾을 수 있을 것이다.

이제 우리는 정신없이 질주하던 삶을 되돌아보면서 사람을 생각하고 이웃을 생각하며 사람을 진정으로 아끼고 보듬어야 할 것이다.

사람아! 아름다운 사람아!

음표 같은 산정에선 너도 나도 신록이다
물결 같은 들녘에선 뜸부기도 신록이다
오월 끝, 꽃들의 참한 퇴장! 막 오르는 저 유월

경이의 봄, 슬픔의 봄

산벚꽃 숲길을 산책한다. 나무마다 푸르고 꽃잎마다 선연하다. 꽃과 신록과 산새 소리, 햇살이 어울려 그대로 대향연이다. 대체 무엇으로 저 경이로움을 담아낼 수 있을까.

삼라만상이 새 생명으로 충만한 봄, 놓칠 수 없는 환희다. 이런 찬란한 봄을 누릴 수 있다는 것은 하늘의 선물이다. 이 기적을 누가 만들었나. 이런 봄날이면 생명으로 있게 한 부모님을 생각하지 않을 수 없다.

얼마 전 화제의 영화 〈수상한 그녀〉를 보았다. 소외되는 노인의 이야기를 복고풍의 노래와 판타스틱한 재미를 곁들여 만든 인상 깊은 영화였다. 전통적인 가족의 미풍이 흔들리는 가슴 아픈 이야기다.

영화가 시사하듯 변천하는 사회와 함께 부모자식 간의 관계도 타산을 앞세운 이기적인 관계로 삭막해져가고 있다. 극단적인 예로 부모의 장례식에서 조의금만 챙긴 채 시신을 방치한 자식도 있다. 이 같은 패륜이 저질러지는 시대에 우리는 살고 있다.

한편 우리 이웃에는 94세 되신 시어른을 극진히 모시는 70세의 효부 며느리가 있다. 사사건건 트집인 시어머니를 삼십 년 한결같이 지극정성으로 섬기는 착하디착한 며느리다.

이 이야기는 미담임에 틀림없고, 너무나 존경스러운 선의 표본이다.

며느리 입장에서 보면 젊어서는 자식을 위해, 늙어가면서 장수하는 시어른을 위해 자신을 희생해왔다. 이 시대 이런 희생적인 삶이 귀감이 되는 삶일까.

그렇다면 진정한 '효'란 어떤 것일까. 자식은 부모를 섬기고, 부모는 자식을 사랑하는 소중한 혈연의 기적 앞에서 '효'라는 말을 쓰지 않으면 어떠리.

사람이 사람다운 건 서로에게 유익을 주고 감동을 주고자 노력하는데 있을 것이다. 자연스럽게 우러나오는 진심이라면, 진심을 다한 최선이라면 그것이 아무리 작은 표현이라 해도 부모형제 누구에게나 기쁨으로 전해질 것이다.

공자도 효란 부모의 심중을 헤아려 마음을 편안히 해드리는 것이라 했다. 예나 지금이나 효란 거창한 게 아니라 세심한 헤아림일 것이다.

모르는 사람에게도 덕담을 건네고 싶은 신록의 계절, 아이도 어른도 손에 손잡고 나들이길 나섰으면 좋겠다.

세상에서 가장 어울리는 하모니, 가장 아름다운 화음은 아버지 어머니, 아들과 딸이 아닐까 생각해본다. 기원처럼 '가족'이라는 이름자 가슴에 심는다.

아들아 네가 처음 기도를 가르쳤다

아는 이 모르는 이 사랑하게 하소서

오늘도 그리고 내일도 진실이게 하소서

어린이를 위한 서시

어스름 저녁. 아이와 엄마가 걸어가고 있었다.
"와, 일등별이다, 매우 밝은 별…."
"와, 이등별이네. 두 번째 밝은 별…."
아이의 목소리가 별처럼 영롱하다. 어머니 손을 잡고 모퉁이를 도는 소녀의 모습이 알퐁스도데의 스테파네트 아가씨 같다는 생각이 들었다. 예나 지금이나 변함없이 별은 빛나고 있지만, 도시에 사는 아이들은 별을 잃어버린 지 오래다. 이런 현실에서 별을 찾은 아이의 탄성은 너무나 싱그럽게 느껴졌다.

요즘 TV에서는 어른들의 폭력으로 멍들어가는 어린이 문제가 자주 방영되고 있다. 이 같은 소아 학대가 우리나라에서 매년 15%씩 늘어난다고 하니 안타깝고 걱정스럽다.

이처럼 아이들의 건전한 성장과 발달이 사회의 당면 과제로 떠오르는 이때에 우리 성북구가 한국 최초 유니세프 아동 친화 도시로 선정되었다. 이는 매우 시의적절하고 고무적인 일이다. 어린이는 우리 미래의 희망이요 꿈이기 때문이다. 아이는 꽃으로도 때리지 말라고 했다. 나는 어린이라는 말보다 사랑스러운 이름을 아직 알지 못한다.

어린이라는 말을 처음 쓰고 어린이날을 제정하신 방정환 선생은 어린이를 내려다보지 말고 쳐다보아 달라고, 경어를 쓰되 부드럽게 하여 달라고, 잠자는 것과 운동하는 것을 충분히 하여 달라고 강조하였다.

이런 어린이들에게 별을 찾아주는 일은 무엇일까. 아이를 눈 뜨게 하고 자각하게 하는 일이 과연 어떤 것일까.

'마을이 학교다' 시내 어느 마을에 걸려있는 현수막 문구다. 어른들이 어린이들을 눈여겨 살피고 건강하게 자랄 수 있도록 좋은 환경을 조성해 주자는 의미일 것이다. 아이를 키우는데 온 마을의 정성이 필요하다는 이야기일 것이다.

자연과 교감, 생명을 사랑하게 하는 일. 좋은 시, 좋은 음악을 감상하게 하는 일. 개념어 정리 일 등 어린이의 눈과 귀를 열어주는 일은 많지만 책을 통한 다양한 독후활동을 할 수 있도록 이끌어주는 일이 중요하다. 그런 경험을 통해 아이의 세계관이 아름답게 형성되고 따뜻한 지혜가 샘솟게 될 것이다.

봄이 오고 있다. 새 학기가 되면 모든 어린이들이 새 꿈을 꾸며 학교에 갈 것이다. 눈부신 새봄. 어린이를 위한 서시, 손 글씨로 눌러 써 새긴다.

우리들은 꿈나무 크게 크게 자라요
마음 열고 하늘 보면 온 세상이 내 친구
너와 나 해를 닮았네 새 마음이 활짝

우리들은 꽃나무 곱게 곱게 피지요
가슴 펴고 하늘 보면 온 누리가 내 친구
너와 나 별을 닮았네 새 생각이 반짝

우리 기쁜, 청춘을 위하여

눈 내린 아침. 설경에 이끌려 성곡동산에 올랐다.

나무벤치에는 두 개의 빈 캔이 나란히 놓여 있다. 캔에 그려져 있는 컬러풀한 사과 그림이 실제인 듯 생동감 있다.

이 시대, 디지털 시대의 사과는 이렇게 소비되고 있구나. 사과 속은 주스가 되어 캔 안에 들어 있고, 사과의 외양外樣은 그림이 되어 캔을 장식하고. 문득 하나의 장면이 오버랩 된다.

나는 늦깎이 학생이었다. 스무 살 연하의 학생들과 나란히 수학능력 시험을 거쳐 마흔에 대학교 신입생이 되었다. 대학생이 되었다는 기쁨도 잠시, 살던 집에서 쫓겨 나는 아픔을 겪었다. 공부에만 신경을 쓰던 내가 사람을 믿은 것이 화근이었다. 눈 내린 새벽, 우리는 집달리에 의해 쫓겨나게 되었다. 드라마에서만 보아오던 믿기지 않는 현실을 나는 시로 남겼다.

앓아서 누워버린 긴 강둑을 베고 눕자
집달리가 내 흔적들을 짐짝인 듯 던져낸다
턱없이 불어오는 바람 첫눈 내린 그 새벽에

겨울밤 역 광장은 허기가 절반이다
어차피 산다는 건 여윈 다리 삐에로
아 나는 또 꿈결에라도 첫눈으로 살고 싶다

사람을 믿은 죄(?)는 가혹하여 나의 생활은 그때부터 생존이 되었다.

휴일도 없이 밤낮도 없이 나는 잃어버린 생활을 회복하기 위해 학생들을 가르쳤다. 오직 가르치는 일만이 내 생존의 의미인 양 입에서 단내가 나도록 전력투구했다. 그것은 사람의 선과 진실을 의심하지 않았던 순수한 믿음 때문이었다.

그렇게 시련을 겪었으면 선에 대해 회의할 만도 하건만 나는 아직도 사람이 살면서 최고의 가치는 착한 마음, 따뜻한 마음에 있다고 믿으며 그렇게 가르치고 있으니 이 어리석음을 어이하랴. 턱없이 불어 닥친 고난 앞에서도 나는 영악해지지 못했다. 그래도 인간의 진실을 믿고 싶었고, 따뜻한 가슴이 최고의 덕목이라고 여기며 그렇게 살고자 노력하였다.

그 암울했던 날들, 자정 무렵의 귀가길, 버스 뒷좌석에 쓰러지듯 앉아 있던 나는 영락없는 달팽이이었다. 일터에서 학교로, 학교에서 집으로 향할 때 지하철 역 차가운 에나멜 의자엔 허기가 뚝뚝 배어 있었다.

그때 먹던 한 개 사과. 혈관을 타고 흘러들던 사과의 과즙. 가방 속에서 한 알 사과를 꺼내어 아삭 베어 물 때의 맛, 그것은 쓰고 또 달았다. 그 때 나에게 사과 한 개는 도전이었다. 포기할 수 없었던 꿈이었다. 가치로 환산할 수 없는 추억이었다.

바라만 보아도 눈부신 그대들이여. 우리가 세상에 태어난 것은 축복이며 경이다. 특히 청춘은 인생에서 가장 찬란한 시기다.

부디 세상을 향해 감동적인 이야기 하나 선사하길 바란다.

간곡하고 치열하게 특별한 무기 하나 만들었으면 좋겠다.

젊음을 걸어 펑 펑 울만큼 기쁜 일 하나 이루기를 소망한다.

이 아름다운 세상에 태어난 기념 하나 있어야 하지 않겠나. 나날을 무의미하게 살기엔 내 이름 석 자에게 너무 부끄럽지 않은가.

달빛마루, 햇살마루

성북구 평생학습관은 마루같이 정감이 간다.

집안의 모든 중요한 일을 의논하던 곳이 예로부터 마루였다. 가족이 마음 편히 쉬면서 담소를 나누는 곳 또한 마루다. 그래서 월곡동月谷洞에 위치한 평생학습관은 2층에 자리 잡은 도서관과 더불어 달빛마루 같은 분위기다.

필자가 처음 학습관을 찾은 것은 경력 단절 여성을 위한 '주부 인생 2막 응원 프로그램'을 통해서였다. 그때 '감성으로 승부하라' 제목의 강의를 하게 되었는데, 한 주부로부터 받은 손 편지가 인상 깊다.

수놓듯 정성스럽게 아로새긴 편지였는데, 이렇듯 좋은 장소에서 좋은 강의를 들을 수 있어서 행복하다는 내용이었다. 필자 역시 좋아하는 관심 분야를 마음 놓고 강의할 수 있는 기회가 주어진 것에 기뻤다.

이후 필자 또한 새로운 강좌에 참여하면서 얻는 바가 많았다.

이렇듯 평생학습관은 주민의 지혜, 문화생활을 연결해주는 채움마당이다. 시설 또한 예사롭지 않아 이곳에 들어서면 블랙과 화이트 톤의 휴식 공간이 먼저 시선을 끈다. 수강생들의 작품이 전시된 공간은 아마추어다움이 오히려 풋풋하다. 한 옆에는 컴퓨터 시설까지 갖추고 있어 편리함을 더해준다.

내부 시설 또한 수강생들의 편익을 위해 잘 설계되어 있어 대강의실, 중강의실, 소강의실, 다목적실, 동아리실, 상담실 등 맞춤형 강좌의 산실이 되어 한창 진행중이다. 이 시설은 주민학습 동아리 모임, 각종 스터디 모임으로도 귀하게 활용될 것 같아 기대가 크다.

평생학습관은 각자를 브랜드화 할 수 있도록 꿈꾸게 하는 꿈의 과수밭이 될 것이다. 이 터전에서는 주민 각자가 타고난 능력과 소질에 거름 주고 햇빛 주어 빛나는 열매를 맺도록 도와줄 것이다. 누구나 아무 때나 언제든지 찾아와 자신의 존재를 확인하고 향상시킬 수 있는 아름다운 공간이 될 것이다.

학습관 강의를 듣고 전공을 살리고 싶은 열망이 솟구쳤다는 분, 평생 일할 수 있는 직업을 갖게 되었다는 분, 제 2의 삶을 찾았다는 분 등 고무적인 호응을 접하면서 학습관의 중요성을 새삼 인식하게 된다.

급변하는 사회에 뒤지지 않으려면 문화 참여, 자녀 교육, 정보 공유 등 다양한 분야의 발맞춘 교육이 필요하다. 현실은 자기 계발은 물론 전문화된 능력과 그 능력을 최대한 활용할 수 있는 경제활동 또한 요구된다. 이러한 시대적 요청에 부응하듯 성북구에 세워진 평생학습관, 반갑고 고마운 일이다.

평생학습관 창변窓邊에 햇살이 눈부시다. 가을빛 쏟아지는 달빛마루 학습관에 앉아 자작시 「가을 사랑 2」 한 수 가슴에 묻듯 음미해 본다.

눈 감고 산다지만 섭리보다 간절하랴
이런 날 창 너머엔 화두로 걸려오는
사랑은 한지에 먹이 배듯 절로 스며드는 거

낭만 가득, 월곡산 공원

숲이 예술인 곳이 있다. 공원이 예술인 곳이 있다. 월곡산 공원이다. 오늘도 나는 월곡산 공원을 찾는다. 축제 같은 여름 숲, 월곡산 나무계단을 오른다.

내가 월곡산을 처음 찾은 것은 2007년 어느 봄날이다.

최상의 컨디션을 위해 달리기를 한다던 어느 작가의 말처럼 나도 그랬다. 2007년 새봄, 체력을 요하는 중요한 일을 앞두고 체력 단련이 먼저라는 생각이 들었다. 그래서 시작한 것이 월곡산 공원 산책이다.

사는 게 무언지 매일매일의 삶이 고단했던 내게 월곡산 공원은 처음으로 내면의 속도에 귀를 기울이게 해준 여유의 공간이다.

산이라고 보기엔 조촐하고, 공원이라 하기엔 동산같이 느껴지는 월곡산 공원. 이곳은 달빛도 쉬어가는 공간이다.

내가 꼽은 최고 명소는 공원 입구, 천국의 계단을 연상케하는 나무계단이다. 봄에는 연둣빛 싱그러움이, 가을에는 온산을 물들인 단풍이, 겨울에는 새하얀 설경이 배경이 되어 이 계단의 운치를 더해준다.

오늘 같은 여름날은 매미의 울음소리를 온몸으로 느끼며 한 걸음씩 계단을 오르노라면 더위쯤은 문제가 아니다. 더구나 계단 가로등을 지날 때마다 흘러나오는 음악의 선율 앞에서 나는 절로 발길을 멈추게 된다. 어떻게 이런 아름다운 장소에 이런 아름다운 음악으로 공원을 찾는 사람들에게 위안을 줄 생각을 하였을까. 행정 당국의 세심한 배려에 감동하지 않을 수 없다. 음악 소리에 도취하다 보면 어느새 머리는 상쾌해지고 온몸은 가을하늘처럼 맑아짐을 느낀다.

인조잔디 축구장 또한 내가 좋아하는 장소다. 낮에는 운동하는 사람들로 인해 주로 하루의 피로를 풀 겸 밤 시간에 이곳 축구장을 찾는다. 사시사철 푸른 융단 같은 인조잔디. 그곳에 들어서면 나는 하늘부터 올려다본다. 산바람과 어우러진 밤공기는 청정 지역의 해풍 같다. 달이라도 떠오를 때면 달은 달이 아니었다. 등불이고 희망이었다.

최근에 생긴 숲 유치원 생태 체험장 또한 기대를 넘어선 구상이며 기획이며 실천이었다. 고향을 떠나면서 잊힌 꽃들—나팔꽃, 목화, 수련, 해수화, 봉선화, 달리아. 유년 속에 묻힌 이름들—조롱박, 여주, 수수, 기장, 벼, 땅콩, 고구마, 토마토, 가지 등 우리의 정서를 향기롭게 해줄 식물들이 여기 다 모여 있다. 꽃나무마다, 채소 한 포기마다 가꾼 이의 정성과 사랑의 손길이 느껴져서 이곳에 들를 때면 고향을 그리게 된다.

어른에게는 향수를 불러일으키게 하는 곳, 어린이에게는 도시생활에서 볼 수 없었던 훌륭한 자연학습장이 되는 곳, 공원을 찾는 이들의 시선을 붙잡는 곳, 재래식 화단과 고향의 텃밭을 옮겨놓은 것 같아 감동과 감탄이 절로 나온다.

월곡산 정상 애기능터 팔각정 또한 애정이 가는 장소이다. 그곳에 가면 빨간 조끼를 입으신 아주머니표 커피 한 잔을 한 잔 사 들고 팔각정 문고에 들른다. 그곳에서 읽는 책은 주로 가벼운 책들이다. 머리를 식히기 위해 전래동화를 읽곤 한다. 설화를 바탕으로 쓰인 전래동화는 짧으면서 단순 명쾌하여 언제 읽어도 재미있다.

이 외에도 정겨운 곳이 많다. 공원 여행하듯이 둘레길 돌아 중간쯤 걷다보면 동화 같은 낭만적인 다리 하나가 나온다. 나무 두 그루가 배경으로 서 있고, 다리 아래서는 도랑물 소리가 새소리와 어울려 묘한 화음을 만들어낸다. 어느 한 발자국도 그대로 지나치지 않도록 세심한 배려를 잊지 않았다.

성북 사람이 되어 산 지 수십 년이 되었다. 그 동안 이사를 여러 번 했지만 움직이는 곳은 성북 언저리다. 이제 성북은 떠났던 사람들도 다시 찾는 살기 좋은 지역이 되어가고 있음을 실감한다. 한 곳에 터를 잡아 그곳에서만 산다는 것은 어찌 보면 경이고 기적이다. 내가 성북을 떠나지 못하는 이유 중의 하나는 순박하게 정든 사람들과 이 월곡산 공원이 있어서다.

내려오는 길. 하얀 망초꽃이 줄 지어 피어있다. 그 위에 「망초꽃」 졸시 한 수 올려놓는다.

끝장내 듯 매미는 새파랗게 울었다
절정의 여름 숲을 한 주 내내 울었다
망초꽃
하야니 피우려고
뙤약볕 터트렸다

봄물보다 깊고, 갈산보다 높아라

가을볕이 무구하다.

한글날이 다가왔다. 하루 정도면 배울 수 있는 쉬운 문자이기에 '아침 글자'라고 불리는 한글은 두 번 열린 세계 문자올림픽에서 두 번 다 금메달을 받았다. 이처럼 한글의 우수성은 세계가 인정한 바다. 한글은 과학적이며 쓰기 쉽고, 풍부한 소리로 표현할 수 있는 표음문자다. 이런 한글을 가장 아름답게 다듬은 시인이 있다.

"봄물보다 깊으니라 갈산보다 높으니라// 달보다 빛나리라 돌보다 굳으리라// 사랑을 묻는 이 있거든 이 같이만 말하리' '내가 당신을 기다리는 것은 까닭이 없는 것이 아닙니다// 다른 사람들은 나의 건강만을 사랑하지마는 당신은 나의 죽음도 사랑하는 까닭입니다."

만해 한용운의 시다. 이렇듯 우리글을 빛나게 교직한 한용운, 한국적인 정서와 정한을 가장 미학적으로 녹여낸 시인이다. 그는 평생 일제에 저항하는 삶을 살다 간 애국시인이었다. 1944년 생애를 마칠 때까지 살았던 집, 심우장 가는 길은 가을 햇살로 가득했고 조용하고 한적했다. 그 길은 도에 이르는 길인 양 좁은 언덕길이다.

심우장은 북향집이다. 남향의 조선총독부와 마주보기를 거부, 반대편 산비탈에 북향으로 건축한 저항정신이 깃든 한옥이다. 심우장이란 명칭도 선화禪畵 '심우도'에서 기인한 듯, 깨달음의 경지에 이르는 과정의 하나로 '자기 본성인 소를 찾는다' 는 의미에서 명명되었다고 한다.

심우장 뜰에 드리운 90년 수령의 소나무는 만해의 푸른 민족정신을 상징하듯 청정히 서 있다. 일제 저항기, 많은 시인들이 시로써 애국심을 표현하였다. 그 중에서도 만해 한용운은 진정으로 시대를 아파하고 빼앗긴 나라를 찾기 위해 몸으로 실천한 대표적인 시인이다. 만해는 3·1 독립운동을 이끈 33인의 한 사람으로, 독립선언서의 공약삼장을 작성하였다. 그는 결연히 독립선언서를 낭독한 후 체포되어 3년형을 선고받았다. 만해의 시 또한 부드럽고 유려한 시어 속에 내포한 이미지는 굳센 의지와 민족정신으로 점철되어 있다.

가을이 깊어간다. "가을 하늘 공활한 데 높고 구름 없이…" 높아만 가는 하늘 향해 오랜만에 애국가 한 소절 불러보는 건 어떨까. 나와 너보다 다 같이 한마음 되어 누구라도 행복한 계절이었으면 좋겠다.

가을은 시다.

잎잎이 햇살인데 알밤 하나 뚝 진다

창창이 양떼구름 화두 하나 걸려 있다

가을엔

작별만 하지 마라

자락마다 순정이라

그리운 영화

"나는 네가 서울대학교 교수는 될 줄 알았어."
며칠 전 초등학교 동창회에서 신열호 친구가 건넨 말이다.

그의 느닷없는 어조에 나도 모르게 눈물이 났다. 초등학교 시절에 대한 회상과 그 이후 겪어야 했던 어려움들이 스쳐서였는지도 모른다.

꿈같았던 초등학교를 졸업한 지도 어느새 40여 년이 흘렀다.

살아오면서 가장 행복한 시절이 언제인가 묻는다면 주저하지 않고 나는 '초등학교 시절'이라고 답할 것이다.

부근에서 가장 잘 지었다는 열두 분합문이 달린 한옥에서 나는 영화처럼 살았다. 안채는 안채대로, 행랑채는 행랑채대로 넓디너른 집안에는 늘 오가는 사람들로 북적거렸고, 수만 평 전답에서 수확한 곡식과 약초, 갖가지 열매는 다락방이며 곳간에 차고 넘쳤다.

내가 다니던 상신국민학교 또한 한 폭의 그림이었다. 야생화 선연한 들길, 신작로 아래 유유히 흐르던 시냇물, 길가를 수놓던 갈대밭이며 논두렁 너머 평화롭게 노닐던 메뚜기 떼, 수숫대 어울렸던 콩밭하며 하얀 감자꽃, 학교 앞 작은 웅덩이까지 잊지 못할 수채화다.

그 행복했던 공간에는 그리운 스승님이 계시다. 생각하면 그분들은 꿈의 원천이었다.

나의 유년을 사로잡은 2학년 담임 선생님부터 소개하겠다.

서재덕 선생님! 인천교대를 갓 졸업하시고 우리 학교 우리 반 담임이 되셨다. 선생님은 별당아씨처럼 어여쁘셨다. 무명같이 담백한 내 가슴에 '작가'라는 눈부신(적어도 그때는 그랬다) 꿈을 갖게 된 건 순전히 선생님 덕분이었다.

하늘 맑은 가을 어느 날, 선생님께서는 방과후 내게 남으라는 말씀을 하셨다. 선생님이 앉으신 창가에 가을볕이 쏟아져 들어왔다. 선생님이 입고 계신 물빛 실크 블라우스가 너무나 눈부셨다. 선생님께서는 나에게 전교 일등을 하여 주는 선물이라며 한 권의 책을 내미셨다.

『플루타크 영웅전』. 붉은색 하드커버가 인상 깊은 책이었다.

책 속에 등장하는 영웅호걸들의 이야기가 아홉 살의 호기심을 얼마나 가슴 뛰게 했는지…. 나는 그날부터 잠도 설친 채 몇 번을 거듭 읽었는지 모른다. '이렇듯 흥미진진한 삶도 있구나. 정말 멋지다. 아! 나도 글을 쓰는 작가가 되고 싶어.' 작가가 되고 싶다는 나의 꿈은 그때 싹튼 것이다.

4학년 때 김옥임 선생님도 잊지 못한다. 방과후 글짓기 특별지도를 해주셨는데, 글을 쓴다는 것은 마음을 가꾸는 일이라며 그림하고도 연관 지어 가르쳐주셨다. 여러 가지 추억 중에서 운동회 이야기도 빼놓을 수 없다. 마스게임 연습 때였다고 생각된다. 줄이 바르지 못하다는 이유로 송재준 선생님으로부터 우리 반 모두가 단체기합을 받은 적이 있다.

우리 모습을 지켜보던 김옥임 담임 선생님께서 달려오셨다. 안쓰러운 눈

빛으로 어루만져주셨던 기억은 따뜻한 장면으로 남아 있다. 후에 김옥임 선생님과 송재준 선생님 두 분이 결혼하셨다는 이야기를 들었다.

5학년 때는 신찬호 선생님이 담임이었다. 졸업식 송사를 재학생 대표로 읽으라시며, "지화! 너는 목소리가 좋아서 음성을 쓰는 직업을 가지면 성공할 거야." 몇 번이나 격려의 말씀을 해주셨다.

6학년 때 김진덕 선생님도 훌륭한 분이다. 음악시간, 악보를 줄줄 외는 내게 "너는 암기력이 뛰어나니 법을 공부하면 좋겠구나"라는 칭찬으로 자신감을 갖게 하셨다.

그랬다. 내가 보낸 6년의 세월은 찬란하고 아름다웠다. 그때 선생님들이 내게 주신 사랑과 격려는 인생을 살아가는데 고비마다 희망의 빛이 되어주었다.

마음 착한 친구들 또한 반장선거 때마다 6년을 한결같이 압도적인 표를 내게 보내주었다. 그 시절은 어느 보이지 않는 손길이 나를 위해 선물한 한 편의 '映畵' 같았다. 너무나 아름다운 영화였다.

그러나 나의 이런 행복은 중학교 3학년 무렵까지였다.

무풍지대일 것 같았던 나의 삶 속에 판도라 상자가 가로놓였다. 그때부터 상실의 시대, 고난의 시대가 시작되었다. 그러나 어려운 여건 속에서도 학문을 향한 소망만은 놓지 않았다. 한순간도 잊지 않고 가슴 속에 품어 키워온 나의 키워드, '꿈' '문학' '따뜻함'이었다.

먼 길 돌아, 아주 먼 길 돌아 나는 오늘 작가가 되었고, 학생들을 지도하는 선생님이 되었다. 이것은 그 옛날 스승님들께서 주신 사랑의 씨앗이 알게 모르게 싹을 틔워 자라난 것이다.

이제 와서 삶을 되돌아보면 우리네 인생길이 우여곡절 속에서도 자신의 꿈을 이룰 수 있는 시간은 주어지는 것 같다.

나는 친구의 기대처럼 서울대 교수는 되지 못했다. 하지만 찬란했던 초등학교 추억이 있기에 행복하다.

교육대학교 학생들에게 어린이에게 꿈을 심어주는 선생님이 되어야 한다고 역설하고 있는 지금, 나는 부유하다.

이 가을, 상신을 사랑하는 마음으로 가을 시 한 수 손 글씨로 눌러 써 바친다.

소낙비 떠난 자리
소식 같은 능금 하나

이렇게 그리울 바엔
다 말할 걸 그랬지

천 번도
더 불러 본 이름
아람으로 터집니다